终于等到你

江月梓 著

当代世界出版社

图书在版编目（ＣＩＰ）数据

终于等到你 / 江月梓著 . — 北京：当代世界出版社， 2015.10
ISBN 978-7-5090-1022-8

Ⅰ . ①终… Ⅱ . ①江… Ⅲ . ①言情小说－中国－当代 Ⅳ . ① I247.5

中国版本图书馆 CIP 数据核字 (2015) 第 203385 号

书　　名：终于等到你
出版发行：当代世界出版社
地　　址：北京市复兴路 4 号 （100860）
网　　址：http://www.worldpress.com.cn
编务电话：（010）83908456
发行电话：（010）83908409
　　　　　（010）83908377
　　　　　（010）83908455
　　　　　（010）83908423（邮购）
　　　　　（010）83908410（传真）
经　　销：全国新华书店
印　　刷：北京市玖仁伟业印刷有限公司
开　　本：880 毫米 ×1230 毫米　1/32
印　　张：9.5
字　　数：181 千字
版　　次：2016 年 1 月第 1 版
印　　次：2016 年 1 月第 1 次
书　　号：ISBN 978-7-5090-1022-8
定　　价：32.00 元

目 录
Contents

Chapter 1
四年之后又重逢

持续的高温让这座城市变得闷热，机场干净的白色地面上，被阳光雕刻出了几道斑驳的影子。

尚禹溪拖着一个小旅行箱，干练地朝机场的门口走去。她穿着一件 Burberry 今年新款的风衣，脚上踩着一双 Christian Louboutin，刚一出门，就伸手将墨镜扣在了脸上。

再次踏上故土，她早已不是当年那个哭着从这里离开的小女孩。在国外这些年，她从没有动过回国的念头，可这一次，却因为瑞普斯会馆的邱总得了脑淤血，而被医院派回了国。

四年前的一切历历在目，她的自尊心，她所受的屈辱，如同昨日经历，清晰得让她觉得可怕。

她至今仍然能听到那个气势凌人的声音，在她耳边一遍遍地践踏着她的尊严："你要多少钱才能离开我儿子？像你这种女孩我见得多了！你母亲就不检点，自然你全身都是一些狐媚功夫！不过你放心，有我在一天，我就不会让我儿子和你这种人在一起！"尚禹溪深吸了一口气，紧紧握住了拳头。

这些年来，她像个缩头乌龟一样躲在国外，不再和沈向北有半点儿接触，就是不想再次经历这种污言秽语。她不能容忍别人践踏自己，更不能容忍别人侮辱自己的母亲。

到了利兹医院后，她径自坐上了电梯，当她走出七楼电梯的时候，恍惚看到了那个熟悉的身影……

也许是坐飞机太累了，所以出现了幻觉……

她没有回头，而是径直走进了院长办公室。

利兹医院的院长栾非也是心脑血管专家，看到尚禹溪走进来，就赶紧起身迎了上来："你就是珊妮吧？我常听你导师提起你！"

尚禹溪赶紧微笑着对面前这个个子很高、气质不凡的院长说："我导师也经常会提起您。可这一次因为医院里有个重大的手术抽不开身，要不然肯定会来和栾院长叙叙旧的。"

"你导师还真是一个大忙人啊！不过，他能舍得把他的得意门生派来协助我，也算三生有幸了。"栾院长笑着对尚禹溪说。

"院长您抬举了，导师是派我来向您学习的，还希望院长能不吝赐教才是。"尚禹溪也学着他的口气说道。

"一看见珊妮你，我就有一种看到了自己女儿的感觉。"栾院长继续开玩笑地说。

"栾院长您过奖了，我怎么能和令千金相提并论呢！"尚禹溪赶紧摆摆手，然后轻松地笑了笑。

"我女儿要是有你一半懂事就好了！那孩子……"栾院长正说着，就听到办公室的门被人用力推开。

接着，一个女孩就以迅雷不及掩耳之势扑到了栾院长身上，然后叫了声："老爸！"

没等尚禹溪反应过来，她就看到了站在门口的那个身影……

她只感觉到自己的胸口猛然一震，像是被什么东西狠狠地砸了一下，心跳加剧，又有些窒息。

沈向北穿着一件印有"利兹医院"字样的白大褂站在那里，目光直直地落在了尚禹溪的身上。他的眉目与四年前没有一丝差别，用当时同学的话来说，就是"哪怕余光扫上一眼，都会彻底沦陷"，而尚禹溪这一次看到他，仍有一种怦然心动的感觉。只是，这次是疼痛的。

他们就这样尴尬地对视着，沈向北的眼睛里似乎充满了伤感，但在尚禹溪的眼里，不过是对过去四年回味的酸痛感觉而已。她不认为像沈向北这种富家大少爷，会与自己分别四年后，依然挂念自己。

"刚说起这个丫头，就来了。一点儿规矩都没有！唉！还真是让我头疼！"栾院长一脸无奈地说。

尚禹溪看了看栾院长身边的女孩，和自己眉目之间有那么几分相似，梳着一个利索的马尾辫，像极了四年前的自己。

尚禹溪朝女孩笑了笑，极力掩饰着自己的不安。

"对了，珊妮，我给你介绍一下，这位是我们院里心脑血管科室的主治医师沈向北，也是第一医学院的客座教授，以后，你们还需要多多配合。"栾院长走到了沈向北身边，对着尚禹溪介绍道。

尚禹溪微微张了张嘴，点点头，故作潇洒地走过去："沈教授，以后还请您多多关照！"

沈向北犹豫了一下，然后冷静地说道："相互关照。"

尚禹溪笑了笑，转身看着栾院长说道："院长，我想先去看看病历，就先失陪了。"

栾院长赶紧走到她的身边，说道："好。那我让向北带你过去。"

尚禹溪没有说话，而是低下头提起了自己的行李箱，一步步走了出去。

沈向北跟在尚禹溪的身后，周围的空气似乎都冷了下来。

"小溪……"转过楼梯口，她就听到从沈向北嘴里轻轻吐出这样一声，满是心碎和疼痛，接着，她感觉自己的手腕被人轻轻抓住了。

她回过头，正对上他那双满是温柔的眼睛。和四年前相比，他更加成熟了，那原本就棱角分明的脸，被时光雕刻得更加完美，挺拔的身姿在这一瞬间，激动得发抖。

"真的是你！我不是在做梦？"他的声音和当年一样，一瞬间，尚禹溪甚至觉得，他们还是当年的那两个人。

也正是这个时候，她耳边又响起了沈母那嘲讽的声音，便条件反射般推开他，然后将头转向一边："请叫我珊妮医生！"

说完，她转过身朝着楼梯走了过去。她与他之间的关系，在他母亲出现的那一瞬间，就已消失殆尽。

直到尚禹溪踏上了最后那截楼梯，她才听到身后一个心碎的声音："你为什么要离开我？"

为什么会选择离开，连她自己都说不清楚。她还记得当时那种苦难的日子，母亲为了给她赚医学院的学费，去了一家酒吧卖酒。这件事情，沈向北是知道的。也正是因为他告诉了他母亲，所以，他的母亲才会指着自己的鼻子说了那些难听的话。

所以，她不能原谅他……

但是，她还是不知不觉地想到了她们第一次相见时的情景。

四年前，她还是个刚从医学院毕业的学生，在一家小诊所实习。

"查……查封？"

站在诊所门口的尚禹溪看着门上的封条眼前一黑，几乎要哭出声来："不是吧，才请了三天的假回学校拿毕业证，怎么回来就是这副模样了？"

初夏。本应该是个让人汗流浃背的季节，尚禹溪只觉得浑身发冷，手脚不受控制地抖个不停。大脑里迅速地闪过一排弹幕："工资没结你就倒闭了，你拖欠我的那一个半月工资是要闹哪样！"

没错，这是她大学毕业后的第一份工作，尽管是一个不入流的小诊所，可是为了能被录用她也算是费尽心思了。现在她用了半个小时的时间才认清这惨痛的事实，不由得哀叹自己的命运真可谓是一波三折——

毕竟倒霉的事情可不止这一件。三天前她费了好大的劲儿才请下来假去拿回毕业证，谁知却偶遇了她的初恋小男友莫白。

前男友洋溢着一脸油腻的笑容喜滋滋地告诉她，他要结婚了，请尚禹溪务必在周日参加他的婚礼。

前男友说这句话的时候，还时不时拿那双高度近视的眼睛上下瞟着她，见她穿着普通素面朝天的样儿，好像自尊心突然得到极大满足，脸上的笑容更加猥琐，嘴里还不停说着："周日中午12点，香榭丽酒店，知道吧？看你也不像是能住得起星级酒店的样子，你要是不知道路的话，随时打电话给我，我来接你，对了，这是我的名片。"

尚禹溪看着名片上烫金的"销售总监"四个字就知道他是专程来炫耀的，这么明显的宣战她当然得接住，而且要大方地接住。

她本来不想去参加婚礼，可是一想到那小子小人得志的样子，虽然恨得牙根儿直痒痒，但还是答应下来了，还承诺自己会带着男朋友一起去参加。话说出来就恨不得咬掉自己的舌头，她哪里有什么男朋友！

烦心的事儿太多，尚禹溪只好先回家睡个觉，将这不愉快的一切都忘干净！除了诊所，她还在酒吧做了一份兼职，趁着这"难得"的空档，将往日熬夜的辛苦都补回来好了！

一觉醒来已经是晚上六点。尽管只是一个酒水员，可是尚禹溪还是化好妆，踩着高跟鞋噔噔噔地出了门。因为她今天不仅仅要上班，还要想办法为后天的婚礼给自己找一个男朋友！

她烦躁地甩了甩头发，没事干嘛要答应去参加婚礼，而且还嘴贱说要带着男朋友去！

天作孽犹可为，自作孽不可活啊！

跳下公交车，尚禹溪往自己工作的酒吧赶去。忽然，一只手伸过来拦住了她的去路。

尚禹溪顺着那只手看过去，发现拇指与食指间捻着一张花花绿绿的传单。

半分钟以后，她的嘴张成了一个 O 型，紧接着双眼冒光，十指颤抖，又悲又喜的心情袭上心头。

不为别的，就为这家店，是一家"租赁男友"的店，而此时，她最缺的就是男友！

尚禹溪大笑了一声，小心翼翼地将传单收了起来。

第二天。

尚禹溪起了个大早，特地打扮了一番，穿上自己新买的及脚踝的长裙，双手叉腰站在一家店面的门口。

她疑惑地眨眨眼睛，怎么看，这都是一家挂着"房屋租赁公司"的地方啊，这里真的是租男友的？

"既然来了，就大胆地进去！"尚禹溪抬起的脚在下一秒又缩了回来，"算了，我还是回家。"

"尚禹溪！既然都到这儿了你还怕个啥，进！"

"万一被人发现了怎么办，不行，不行，太尴尬了……"

尚禹溪凌晨两点才从酒吧下班，剩下的这几个小时也没怎么睡好，脑瓜子里面想了一些有的没的。此时她又折腾了一上午，自然是目光涣散，可是大脑却在飞速运转着，万一里面的中介人是熟人怎么办，万一一会儿下楼的时候遇见熟人怎么办。

她本来不灵光的脑子却在这一刻离奇地设想出千千万万"偷汉子不成反被抓"的版本，越来越觉得，她尚禹溪一个年纪轻轻的小姑娘因为前男友的邀请而不打脸地跑到这里租借男友，说严重点儿是件让她祖上蒙羞的事。

这样犹豫了十多分钟，一向最不怕热的尚禹溪在异常紧张的状态下被大太阳晒得有些神志不清，她终于下定决心迈向第一个台阶。

尚禹溪一脸呆傻样站在大厅中间，劣质高跟鞋卡得脚又酸又痛，正发呆的时候，一个身材挺拔，穿着黑色衬衣，五官精致的男人突然出现在尚禹溪的视线里，他双手插在裤袋里微微垂着头快速经过，虽然只是惊鸿一瞥，可是尚禹溪真的觉得他长得很好看，双眼冒着桃心，人都走远了，还回不过神来。

"站住！"尚禹溪突然对着那人的背影大喊一声。

所有人都转过头来诧异地看着她，可是她眼看那帅哥要走远了，心里一着急又喊了一句："前面那个穿黑衬衫的，你给我站住！"

"黑衬衫"脚下顿了顿，终于停下脚步，回过头来莫名其妙地看着她。

这下，尚禹溪算是彻底看清了他的长相。白皙的皮肤，斜飞入鬓的眉毛，狭长而有神的眼眸，虽然薄却线条优雅的双唇，尖细而刚毅的下巴，让人不自觉地被吸引，移不开眼神。

尚禹溪暗自吞了口唾沫，也不知道哪里来的勇气，踩着高跟鞋噔噔噔过去将人拽回来，特豪气地对着前台美女宣布："我就选他了！"

"呃？"前台有些疑惑地看了两眼黑衬衫男人，心里疑惑地想，我们店里什么时候多出一个这么优质的花美男了？

"愣着干什么呢，我决定就租他了，赶紧给我开单子。"尚禹溪趁着勇气，一鼓作气地催促着前台。

"哦，好，好。"前台忙不迭地去找合同，管他见没见过呢，有生意上门，不做的是傻瓜。再说这男人这么帅，肯定能租一个好价钱。

倒是旁边的"黑衬衫"，在听到"租"这个字的时候，如樱花一般的唇角抽搐了一下，立体的五官瞬间闪过讶异的神色，秀挺的眉眼微微一皱，很快又展开，归于平静。

前台拿出合同一边刷刷刷填写着，一边喋喋不休地向尚禹溪科普着："有长期的有短期的，这个价钱不一样啊，还有全天的半天的，你自己定，不过超时间要按全天收钱的。还有租赁期间一切费用都由你支付，但是这个不包括押金，所以你还要额外承担一笔费用，而且美女你要是决定就租他了，不管这人你相处着合不合适都不能换。这个你得先想好。"

尚禹溪看着合同上押金 500 元的字样，下意识地摸了摸包里的银行卡，小声嘟囔了一句："就短期的，参加个婚礼。"话音还未落，听着前台美眉后面的话她的手又抖了一抖。

"如果需要发生性行为的话必须要经过男方的同意，要不要进行安全措施也都在你，但是，出现什么意外的话我们公司是不负任何责任的。这合同上都详细写着。如果觉得可以的话，请在合同上签个字。"

尚禹溪看着眼前这份奇怪的合同，想着自己辛苦挣下的血汗钱竟然要搭在这上面，更何况那无良的诊所不发工资已经够坑人了，自己还来作死！下个月难道喝西北风？一想到这些实际问题，尚禹溪本能地缩了缩脖子想要跑，握着笔的手也逐渐冰凉起来，可是一想到能回击给前任一个大嘴巴子也是蛮爽。

完了，尚禹溪心想："我鬼迷心窍了，我神志不清了。"

回过神的时候，自己的大名和鲜红的指纹已经印在了合同上面。连同她那张刚刚刷好的银行卡。

前台美眉继续奋笔疾书，写到一处的时候突然尴尬地抬起头看了一眼"黑衬衫"："你叫什么名字来着，我好像从来没有见过你。"

一直沉默不语的"黑衬衫"看了眼前台，又看了眼尚禹溪，过了半晌才挑了挑唇角："沈向北。"

"哦，沈向北，以前怎么没见过？"前台随口问了一句。

沈向北一挑眉，眸子里有异光闪过，随即归于平静，"新来的。"

"哦，什么时候来的？"

"今天。"清淡的笑容里面，似乎又带了那么点儿邪气。

看着身旁正垂着眼睛不知道在想什么的尚禹溪，沈向北越来越觉得有趣。本来自己只是找房屋中介办点儿事，没想到却被尚禹溪当作这里的员工了。刚刚她在背后让自己站住喊的那一嗓子，他差点儿就以为自己是不是做过什么天理不容的事情了。

不过这个女人也太有趣了，那张可怜巴巴的小脸上的表情，一分钟都能变好几个花样出来，他从没见过哪个女生能"善变"成这样的。

"……那挺好啊，刚来就接到生意。"前台美眉终于填好了合同，拿给沈向北签了一个字，并且留了一个电话号码，所有的手续，算是全部办完了。

"可以了，小沈啊，你跟着尚小姐去吧，祝你们相处愉快！"前台美眉将合同给了尚禹溪一份，露出一个复杂的眼神。尚禹溪被这眼神刺得心里一跳，"腾"地一下子站起来，一时间也不知道说什么，嘴里一个劲儿地说着"好好好"就掉头往外走。

当前台美眉用甜美的嗓音大声说着"满意的话下次还来光顾"的时候，尚禹溪还未曾想到，这件事是她以后一系列更倒霉事件的开端……

两人一前一后地走在马路上，尚禹溪紧张得踩着劣质高跟鞋的小腿儿都在抽搐，不知道是热的还是臊的，脑门上的汗珠不住地往下掉。

"那个……我们这是要去哪儿？"身后一直隔着半米距离跟着她的沈向北见她紧张得连方向都可能认不清，忍不住问了一句。

清清爽爽带着点儿鼻音的男声让尚禹溪心里一跳，刚刚踏出去的一只脚不小心踢到了一块石子，痛得她呲牙咧嘴就差破口大骂了。

"尚禹溪，挺住！这是你花了天价租回来的'男友'，大不了婚礼过后就老死不相往来了，不要紧张！"尚禹溪一边忍着脚痛一边给自己做着心理建设，好不容易积攒起了一点儿勇气。

"我们回家！"她大声地宣布着，像是为了给自己打气一般用力一跺脚，两秒钟后——

"呜……"老远就能听到她的鬼哭狼嚎。

倒霉，居然又踢到了那块石子，痛上加痛，这也太背了吧？

"你没事吧？"沈向北白皙精致的脸上露出一丝笑意，大概是真的觉得尚禹溪抱着脚跳来跳去的样子很好笑，露出了几颗白白的牙齿。

可怜基本没什么机会与男人，特别是长得好看的男人打交道的尚禹溪一看到这如沐春风的笑容，顿时从疼痛中解脱出来，立即被迷得晕头转向，不辨东西了。

实在是太好看了……

　　晕晕乎乎的尚禹溪想，要是这男友不是租的，而是真的，那就好了，带出去倍儿有面子，绝对秒杀一大片。

　　"坐公交车？"沈向北的声音又从斜上方传来。

　　尚禹溪一个激灵，这才发现两人已经走到公交站台了。

　　真是丢死人了！尚禹溪自暴自弃地抓了一下脑袋，径直钻进一辆挤得一眼望进去全是脑袋的公交车。沈向北赶紧跟上，跳上台阶的时候好像隐约听到了一声布料被撕开的声音……

　　"啊——"投完硬币的尚禹溪刚想往里蹭几步，突然感觉自己背后像是被什么力量拉住了，她下意识地往前奋力一挣，车子突然发动，只听见一声清脆的布料撕开的声音，然后身子就不受控制地以一个狗吃屎的姿势朝前面扑去。

　　"吾命休矣……"这是她在摔倒的过程中脑袋里唯一能够想到的一句话。

　　因为公交车上人多，尚禹溪这一摔，可连累了好几个无辜的群众，于是车厢里整齐地划过一道"啊——"

　　"怎么搞的，这么大个人了还站不稳是吧？"

　　"我说你这姑娘也太不小心了吧，差点儿连我也被你压倒了。"

　　"……"

　　此起彼伏的抱怨声让尚禹溪烧红了耳根，她在无数人齐刷刷的注目礼下尴尬地爬起来，心虚地道着歉，一转头，就看到沈向北微张着嘴惊讶地看着她，脚上还踩着一块看起来十分熟悉的布料。

尚禹溪猛然一惊，拉过自己波西米亚长裙的后面一看，果然已经缺了一块，而那缺的一块布料，此刻正躺在沈向北的皮鞋底下。

"……"尚禹溪咽了一口唾沫，"你们公司有规定损害客人财物需要怎么赔偿吗？"

沈向北看着她，同样咽了一口口水，嘴角抽搐，"没有。"

"谢谢。"尚禹溪机械性地转过头去，手默默抓住扶手，心里的眼泪已经流了一公升。

这是她最贵的一条裙子好吗！

今天才第一次穿，明天还准备穿着去参加婚礼的好吗！

再一次确定了自己就是扫把星的命运，尚禹溪决定乖乖拉着扶手站好什么都别做了，免得再在众目睽睽之下出丑。好不容易熬到站点，她像是身后有鬼追一样快速跳下车，直到公交车开出老远以后才舒了一口气，紧接着，她又意识到一个严重的问题。

她好像把她"斥巨资"租的"男友"给忘在车里了。

刚刚下车太急，忘了跟沈向北说一声，囧。

还好合同上面留有联系电话，赶紧翻出合同给沈向北打电话，指挥着他倒了一班车，20 分钟后两人才重新会合。

尚禹溪颤抖着手从包里抠出两枚硬币递过去，触到沈向北疑惑的目光，才小心翼翼地开口解释："报销……车费……"

不知道是不是错觉，她恍惚看到沈向北额头上的青筋稍稍地鼓了一下。

"那个，你们老板说的，租赁过程中产生的一切费用都要我出。"尚禹溪弱弱开口。

沈向北犹豫了一下，还是把硬币接过去了，眼睛打量了一下四周，坑坑洼洼的道路，一水儿的低矮旧房子，空气里飘着怪味，有些不可置信地问道："你住这里？"

虽然一开始并不知道是怎么回事，但是刚刚听着那前台和尚禹溪之间的对话，他也算是明白了，现在的自己，正是面前这个女人租赁的"男友"。

不过这个主顾好像条件也太差了一点儿吧，这住的是什么破烂地方？

尚禹溪讪笑道："我没别的意思，就是需要你明天陪我参加一场婚礼，呃，以我男朋友的身份，那个，你知道的，女人一直有三大情敌，前任的现任，现任的前任，和未来现任的现任。"

沈向北了然地点点头，"我明白了，你需要我怎么表现？"

"先进屋再说吧，哦对了，你吃过午饭没？"尚禹溪礼貌性地问了一句。

沈向北本想说吃过了，转念一想，又老老实实地摇头，"还没有。"

尚禹溪心想完了完了，这又是一笔额外的开支，总不能让员工饿着肚子工作吧，于是哭丧着脸道："走吧，到家里我给你找吃的。"

带着沈向北走进自己的出租小屋，尚禹溪直接就钻进厨房，打开老式的冰箱，"红烧牛肉，鱼香肉丝，酸菜鱼，麻辣兔丁……你要吃什么？"

沈向北心想这个女人虽然住的环境差了一点儿，但伙食还不错的样子，于是随口答道："鱼香肉丝吧。"

两分钟以后，尚禹溪端着正冒着热气的"鱼香肉丝"走出来，不知道是不是错觉，她看到沈向北额头上的青筋又跳了一下，赶紧解释："其实我还有老坛酸菜和香菇炖鸡，只是吃完了忘了补货，你要是不喜欢，我再下楼重新给你买？"

"不用了，我很喜欢。"沈向北惊了一下，泡面就泡面吧，正好他这段时间大鱼大肉吃得太好了，刮刮油……

两人吸溜吸溜吃完面，尚禹溪的心态也慢慢地调整过来了，既然钱已经花了，人已经租回来了，就不要浪费不是，明天的婚礼，她一定要惊艳全场、冠压群芳！

下班已经是半夜 12 点过，尚禹溪连滚带爬地回到租住的小屋，打开门蹬掉高跟鞋扑进去，却没看到沈向北的身影。

也对，现在已经半夜了，想必他早就歇下了，自己上班之前有把杂物间收拾出来让他临时居住。

繁忙的工作让尚禹溪累得浑身快要散架一般，连带着脑子里面也迷迷糊糊的，闯进洗手间胡乱洗了一个澡，回到自己的小床上倒头就睡，这一觉醒来，已经是日上三竿了。

尚禹溪从床上蹦起来，她可是记得请帖上的时间写的是12点整，一看墙上的挂钟，已经10点20分了，想死的心都有！

赶紧手忙脚乱匆匆洗漱完毕，跑过去敲杂物间的门："起床了，要迟到了！"

屋子里面没有任何反应，她又敲了几下，还是没人应答，干脆一拧门把，直直地就冲了进去。

"咦，人呢？"狭小的房间里面空空如也，别说人，连根鸡毛也没有。

尚禹溪的脸色瞬间变了又变，不会这么倒霉吧，难道她的"男友"临阵脱逃，临时撂挑子不干了？！

"啊啊——"一阵撕心裂肺的怒吼过后，尚禹溪哭丧着脸退出杂物间，她就知道租赁男友这种离奇戏码，肯定不靠谱啊不靠谱，这不，自己花了"重金"租回来的"男友"，一夜之间就逃之夭夭了！

"老天，你干脆杀了我吧！"此刻她连想死的心都有了，婚礼就剩下一个半小时的时间，自己曾经夸下海口要带男朋友去观礼，现在男朋友没了，她如何面对莫白那张小人得志的嘴脸啊。

这时，门外传来一阵敲门声。

尚禹溪心里一惊，该不会是房东来收房租了吧？算来算去，好像这几天是到交房租的日子了，难不成老天一直在玩她？

她耷拉着脑袋走过去开门，脑海里快速地运转着，要找什么借口让房东能把交房租的日期再延后几天——本来手上的钱够交房租的，但是在租了"男友"以后，就不够了。

打开门的那一瞬间，尚禹溪感觉自己的整个世界都被照亮了。

只见沈向北笔直地站在门口，昨日穿的黑衬衫已经换掉了，穿着一套剪裁合体的西装，脚上的皮鞋擦得蹭亮，衬得他整个人更加英挺，完美精致的五官露出一丝轻微的笑意。"路上堵车，我来晚了。"

"你……"尚禹溪眨着眼睛看着眼前的沈向北，偷偷伸手拧了一把自己的大腿，娘耶，疼！所以，这一切都是真的？小沈并没有逃跑，只是有事出门了？

沈向北看了看尚禹溪凌乱的头发和身上花花绿绿风格太过诡异的裙子，啧了一声，递过来一个袋子："赶紧换上，快来不及了。"

尚禹溪机械性地接过袋子，里面是一条纯白打底，缀着嫩黄色花纹的修身半身裙，还没穿上，只是摸着材质就觉得很舒服，她下意识地看着衣服上的标签，上面的几个字母让她心里一个激灵。

英语？德语？法语？看着都像，但是又好像都不像。

奇怪，这个男人只是"男女友租赁公司"的一个小员工而已，怎么会弄到这么高档的裙子？她疑惑地换上裙子，对着中间缺了一个口的更衣镜照了照，果然人靠衣装马靠鞍，换一件衣服，整个人的气质都不一样了。

刚走到楼道口，就看到门口停着一辆拉风的红色跑车，沈向北走过去拉开车门，转过头对尚禹溪道："上车。"

尚禹溪呆愣地看了那跑车半晌，惊讶地看向沈向北："这，是你的车？"

沈向北随口道："租的，既然答应要帮你教训你前男友，当然要下足功夫，我从来都是一个敬业的'男友'，尚小姐，现在可以上车了吧？"

尚禹溪这才松了一口气，原来这车是租的，虽然他的薪水应该还算不错，但是这车少说也要百八十万吧。

"那这租金……"一边坐上副驾驶还一边不忘钱的事情。

"我出。"沈向北没好气道，猛地一踩油门，性能良好的跑车就如离弦之箭一般飞奔了出去。

坐在豪华的车里，尚禹溪还是有些不真实的感觉，没想到她尚禹溪有生之年，居然能有一个这么帅的"男朋友"，而且还能坐上这么豪华的车。

想到等一下莫白那负心汉脸上可能出现的表情，她的心里油然而生地爽快。本以为只是租个男友让自己不至于那么丢脸而已，没想到小沈竟然这么争气，想得也周到，不仅给她弄来名牌衣服，连车子都租好了，一看就是专业的，熟手。

尚禹溪在心里暗暗下决心，日后自己要是还有这方面需要的话，一定会第一个考虑沈向北的！

车子开到酒店门口，沈向北在尚禹溪耳边轻声说了一句"等一下一切都听我的"，然后下车，转到右边帮尚禹溪拉开车门："亲爱的，到了。"

亲爱的？尚禹溪解安全带的手一抖，指甲戳到自己的手背上。哦，对，他现在是自己的"男朋友"，淡定，她要淡定。

定了定神，努力扯出一抹微笑，尚禹溪搭上沈向北伸过来的手，感觉自己全身都颤抖得厉害，若不是沈向北扶着她，她估计自己早就腿软得瘫倒在地了。

尚禹溪整个人几乎都要挂在沈向北的身上，老远看到门口的莫白挽着他的新娘子过来迎接，在看到跨出跑车而来的尚禹溪以后，表情很微妙地僵了一下："哟，原来是老同学啊，快里面请，这位是？"说完，眼神看向沈向北。

尚禹溪脑门上直冒冷汗，幸亏沈向北悄悄在她的腰上碰了一下，这才唤回她的神智。

"啊，哦，这是我男朋友……"想了好半天才想起沈向北的名字，"沈向北。"

"原来是沈先生，里面请。"莫白的脸上有些挂不住了，那天偶然在街上碰到尚禹溪，见她穿得普普通通蓬头垢面的样子，以为她过得挺惨。人嘛，都有喜欢炫耀的劣根性，所以一时冲动邀请她来参加自己的婚礼，本以为她肯定不敢来，没想到她不仅自己来了，还带来一位俊俏的男朋友，别的不说，就看他开的那辆跑车，少说也值百八十万。原本想要看笑话，却没想到自己反成了笑柄，这让一向爱面子的莫白，心里有些不舒服起来了。

尚禹溪看着莫白僵硬的笑脸，这才想起自己是干什么来的，顿时觉得心里有了底气，身子立刻挺得直直的。

"恭喜你啊，新娘子很漂亮，祝你们白头偕老。"清丽的嗓音中，还带着一丝让人不易发觉的颤抖。

虽然知道莫白就是个人渣，但是好歹曾经有过近三年的感情，如今见他和别的人共同走进婚姻的殿堂，说一点儿感觉没有，那是假的。

只是她十分清楚，对于背叛自己的人，绝对不能心软和姑息。

"亲爱的，先进去吧，外面太阳晒。"沈向北搂着她的腰，温柔地说道。

尚禹溪下意识地看了看天色，灰蒙蒙的，像是要下雨，太阳早就娇羞地躲进了厚厚的云层里面。对于沈向北这种明显睁眼说瞎话还说得理直气壮的人，她也真是醉了。

两人举止亲密地从门口飘进去，隔了老远，尚禹溪还能感受到莫白的眼神一直落在她的背上。

其实这就是人的劣根性，尚禹溪不是什么清纯的白莲花，不信奉"你若安好便是晴天"这一套，对于她来说，莫白过得越不好，她就越好，如果莫白万事安好，那对她来说才是晴天霹雳呢。

"呀，这不是小溪么，好久不见，长漂亮了啊！"刚走进宴会现场，还没来得及欣赏 LED 屏上莫白和娇妻甜蜜蜜的婚纱照，几个熟悉的人影就朝着她走了过来。

这几个人都是尚禹溪大学时候的同学，准确地来说，是莫白的同学，因为念书的时候和莫白拍拖过，她对莫白身边的人也算是了解一些。

这几个人是莫白的死党，也不知道莫白给他们灌了什么迷魂汤，让他们对莫白硬是像脑残粉一样忠贞不渝，当初两人分手，她记得这几个人还深深鄙视过她呢。

不外乎就是说她不够漂亮，不够温柔，没有品味，没有情趣，说得好像莫白劈腿都是她逼出来的一样。尚禹溪想，若不是现在是法治社会，她真想将这几个人的嘴巴缝起来，免得满嘴喷粪污染空气。

如今仇人相见，自然是分外眼红，尚禹溪哼哼一声道："谢谢，不过我觉得你们倒没什么变化，真是意外啊。"

"是说我们还和学生时代一样年轻么？"

"不，我的意思是你们还和当初一样显老。"

"你……"几人一愣，几年不见，尚禹溪怎么变得如此牙尖嘴利了，当即哼哼道："小溪，我知道他结婚你不高兴，但是你也不能把气往我身上撒啊。"

尚禹溪也不是吃素的，当即回嘴道："你想太多了，对了，介绍一下，这位是我男朋友，沈向北；向北，这几位都是我大学时候的同学。"

说到"同学"两个字，她几乎是咬牙切齿地说出来的。

沈向北从她的语气里就能接收到她此时的心情，不由低低一笑，极其宠溺地在她脑袋上一揉，对着几人淡笑道："我家小溪当年承蒙大家照顾了。"

于是那几位以莫白马首是瞻的同学更加惊讶了。

在他们看来，尚禹溪就是属于那种祖坟冒青烟一不小心才考上大学的人，整个人极其普通，普通的身高，普通的长相，普通的成绩，普通的能力，扔在人海里都不一定捞得出来。

但是沈向北不同。

有生活阅历的人都看得出沈向北身上的西装是阿曼尼的，加上他挺拔的身姿，俊秀明朗的五官，浑身上下都散发出一股子贵气，不是官几代，就是富几代。

这样优秀的一个男人，竟然是尚禹溪的男朋友！难不成这几年间她已经成功逆袭了？

可是怎么看，她还是当初那张略带幼稚的脸，虽然不能说是丑，但绝对算不上美艳，身上那条裙子看起来倒是挺高档，但总的来说，气质和沈向北比实在是差太多了。

这两人居然是情侣？

哦，他们正手牵着手呢，应该是没错的。

意识到这一点以后，在场的两位女性心理就不平衡了，她们自认为比尚禹溪长得漂亮多了，凭什么尚禹溪可以找到这么帅的男朋友而她们却找不到？

"原来是沈先生啊，不知道沈先生在哪儿高就啊？"俩女人故意忽略了沈向北是尚禹溪的男朋友这个事实。

沈向北微微勾唇一笑，优雅而迷人，说出来的话却让人感觉牙痒痒："说了你们也不知道。"

两女人还想说什么，就被身边的男人拉走："好了好了，婚礼马上开始了，我们过去那边。"

几人推搡着离开，尚禹溪还有些不真实的感觉，手心里起了一层薄汗："喂，沈向北，你……你确定能搞定吧，我好紧张啊！"

沈向北握了握她的手，将她垂下来的一缕发丝捋顺了，在她耳边道："放轻松，小 case 而已。"

尚禹溪从本质上来说是个大大咧咧的家伙，所以沈向北说没问题的时候，她就真的觉得没问题了，也不知道为什么，她就是下意识地愿意去相信沈向北。

宾客来得差不多了，婚宴正式开始，莫白和新娘子在《婚礼进行曲》的背景音下，相携着从花房走出来，踩过红地毯，走到酒店临时搭出来的台子上。

不带私人感情来说的话，这场婚礼的规格还算不错，四星级酒店，近五十桌来宾，菜品精致，一般老百姓结婚能办到这个档次，已经算是脸上很有光了。

但是不知道为什么，原本还觉得特有面子的莫白在尚禹溪和沈向北到来以后，就觉得自己好像班门弄斧，心里就像是吞了一只苍蝇一样难受，以至于司仪在问他愿不愿意的时候，他黑着脸半天没有做出反应。

"阿白！"新娘子不悦地碰了他一下。

莫白这才反应过来，"我……我愿意！"

不过铁青的脸还是显示出主人心里的不高兴。尚禹溪是谁？是被他莫白抛弃的人。若是她过得比自己还好，那不是打自己的脸吗？

婚礼的过程乏善可陈，仪式举行完以后宴席正式开始，莫白则带着新娘子挨桌敬酒，敬到尚禹溪这一桌的时候，好不容易缓和过来的脸色又变得有些难看起来了。

"沈先生，感谢你来参加我的婚礼，来，我敬你一杯。"尽管不高兴，但终归是大喜日子，莫白不得不觍着脸去敬酒。

沈向北轻笑一声，声音里带着些许的不屑："不必客气，我也是看在小溪的面子才来的。"

莫白一口老血卡在喉咙，吞也不是咽也不是，"呵呵，沈先生和小溪感情不错啊。"

"小溪是一个值得珍惜的好女人，我相信那些曾经对不起她、抛弃她的人，迟早会后悔的，所以我一定会好好对她的。"这话已经是带着满满的挑衅了，本来他就不是来喝喜酒的，他的任务是来给这场婚礼添堵的。

"对不起尚禹溪"，"抛弃尚禹溪"，说的不正是莫白？在场有不少人知道当初莫白和尚禹溪之间的那点事，不由得竖起耳朵听起八卦来。

莫白三番两次被沈向北抢白，气得要吐血，可碍于是在自己的婚礼上，又不好发作，沈向北唯恐天下不乱地继续道："莫先生，这场婚礼让你很为难吗，我怎么看你很不高兴的样子？你这样就不对了，新娘子这么漂亮，你应该好好珍惜才对啊。"

这话一出，被耳尖的娘家人听到，不由得都看向莫白这个方向，果然见他脸色阴暗，然后，大家都有些不开心了。

我家闺女嫁给你本来就是你高攀了，你竟然还敢给我摆脸色！

莫白心里一惊，赶紧道："沈先生不要胡说，我自然是很高兴的。"

沈向北冷哼一声，"哦？那真是不好意思了，莫先生这样看着我家小溪，我还以为你对她余情未了，想重新回头和我抢呢。"

莫白身边的新娘子自然也是认得尚禹溪的，一听沈向北说这话，立即就明白他今天不对劲儿的原因了，原来是旧爱在此啊。

"莫白，你跟我来一下！"新娘子彪悍地扯着莫白的耳朵就往旁边走去，隐隐约约还能听到新娘子的骂声，和莫白赔着小心的解释。

尚禹溪冷笑一声，突然起身拉起沈向北的手："没意思了，我们走吧！"

沈向北的任务确实完成得挺漂亮，三言两语就挑拨得莫白和新娘子以及娘家人那边起了嫌隙，估计莫白以后的日子是不太好过了。

也对，新娘子好歹家境殷实，是个富二代，莫白想走捷径，以为娶了她就会飞黄腾达了，哪有那么容易的事情。这个世界上，从来就没有白吃的午餐。

"你的任务已经完成了，我们就此告别吧。"尚禹溪对着沈向北淡淡地说道。

她只是突然意识到自己这样的行为挺幼稚的，她和莫白都分手这么久了，人家都结婚了，两人的生活早就没有交集了，为了区区面子还专门去租"男友"，似乎有点太小题大做了。

人总说"冲动是魔鬼"，这句话果然没错。

沈向北故作惊讶地挑了挑眉，"你不报仇了？"

尚禹溪摇头道："刚刚已经够了，谢谢你。"

随后，她就听到他说："既然不报仇了，那你想不想开展一段新的恋情呢？"

果然，在尚禹溪的震惊中，她看到了他在自己面前逐渐放大的俊颜……

再然后的然后，他们俩就如故事中一样，在一起了。但是当沈向北的母亲知道她的身世后，她得到的却是无情的嘲讽和奚落……

思绪转回，尚禹溪摇了摇头，都是过去的事了，自己还计较什么呢？

邱总的病房在利兹医院的五楼。独立的病房，让这一层看起来有些冷清。尚禹溪走到一边的护士值班室，从那里拿来了邱总的病历，然后将行李随手放在了一边，走进了病房。

瑞普斯会馆总裁邱伦已年过花甲，因为得了脑淤血，神志不是特别清楚，人看起来也比较憔悴，平躺在那张被器械包围的床上。

病房里，邱总的大儿子和儿媳分坐在病床的两边，看上去有些伤心。

尚禹溪赶紧走过去，然后对比了一下手上的病历和邱总的生命体征。

邱总的儿子是个中年人，看上去非常憨厚，而他的妻子，脸上却挂着一些轻蔑，扫了尚禹溪一眼，问道："这是哪里来的黄毛丫头，利兹的医疗水平差成这样了吗？随随便便找个人来给邱总看病，要是出了什么问题，你们负得了责吗？"

尚禹溪笑了笑，随即合上了手里的病历，然后回答说："夫人，能不能请您离开这里？"

邱夫人睁大了眼睛，诧异地问："你说什么？你胆子不小啊！敢叫我出去！"

尚禹溪点点头："我必须对我的病人负责。请您出去。"

邱夫人腾地起身，然后三步并作两步走到了尚禹溪的面前，睁大了眼睛怒视："去把栾非叫来！我要让你吃不了兜着走！"

正说着，尚禹溪就听到房门被轻轻推开，接着沈向北走了进来。

"沈医生？你来得正好！这丫头是怎么回事？你让她滚出去！"邱夫人的音量瞬间爆棚，刺进尚禹溪的耳朵里。

邱先生快步走过来，想要拉住发飙的邱夫人，却被她用力甩开。

沈向北微微眯了下眼睛，然后对着尚禹溪皱起了眉头，问道："怎么回事？"

尚禹溪微微一笑，指着手里的病历说道："邱总患有慢性鼻炎，对香水味极其敏感，如果引起呼吸困难或者鼻黏膜分泌物堵塞气管，我想就算是华佗在世，也救不了邱总的命了吧？"

听到这话，邱先生赶紧起身将邱夫人向门外推："快出去，你这香水味道实在是太浓了！"

邱夫人一把甩开邱先生的手，然后指着尚禹溪说："你胡说！邱总一直很健康！根本就没有什么慢性鼻炎！"

沈向北扫了邱夫人一眼，然后说道："病历上面写得很清楚，邱总确实患有慢性鼻炎，而且我们也通知过家属，不能用气味浓重的香水。"

听沈向北这么说，邱夫人这才收住声，一甩手走了出去。

尚禹溪看了看沈向北，刻意避开了他的目光，转身对身边的邱先生说："邱总现在的病情还算稳定，但切记房间里千万不能有刺激性的气味或者粉尘，邱总的病需要慢医，稳步治疗才是最佳的选择。"

"好好！我知道了！您是新来的医生吗？"邱先生恳切地问。

没等尚禹溪说话，沈向北就走过来向他介绍："这位是刚从国外回来的珊妮医生，是斯蒂芬医生的得意门生。"

"哦！斯蒂芬的得意门生啊？怪不得！就连性格都和斯蒂芬有些相像呢！"邱先生说着，坐到了一边的椅子上，然后看着病床上的邱总说："珊妮医生，不知道我父亲什么时候会醒过来呢？"

尚禹溪肯定地说："以邱总现在的情况，如果我没有估算错误，他应该会在晚上醒过来，不过，可能会有一些并发症。"

邱先生赶紧问道："是什么并发症呀？我父亲之前，总是有些晕，现在会不会……"

"这个具体我们还不清楚，需要等邱总醒过来才知道。"尚禹溪想了想说道。

"好好！那就拜托珊妮医生了！"邱先生赶紧双手合十，比在胸前说道。

"我下午的时候会再过来看邱总。有事的话，直接去值班室找我。"说完，尚禹溪抬腿走了出去。

邱先生正要起身相送，被沈向北制止了："邱先生，您还是留下来照顾邱总吧！邱总这里不能没有人，有事赶紧找值班室！"

邱先生点点头。

尚禹溪感到意外的是，从医学院毕业后，沈向北竟然没有去他父亲的伦斯医院，而是来了利兹医院。这样的相遇，更是让她有些措手不及。

沈向北跟在尚禹溪身后走到医生值班室门口，伸手拉住了她："小溪……"

尚禹溪还是抵触地甩开了他的手："沈少爷，不知道您找我有什么事呢？"

沈向北镇定了一下，收回手，一脸忧伤地说道："我想跟你谈谈。"

"谈谈？"尚禹溪笑了笑，"沈少爷这样高贵的人，和我这种'低等人'有什么好谈的吗？"

沈向北摇了摇头："小溪，你不要这样。"

尚禹溪突然笑了笑，笑容里却藏着一张冰冷的脸："好。那我们一个小时后在餐厅见面。"

她转身走进了值班室，然后将行李随手挪在了一边。行李对于她来说，只不过证明她曾经离开过。那纯白的箱体上，她用水溶笔在一边的角落签上了自己的英文名字。

在国外的时候，常会听到有留学生在议论："你们知道么，国内第一医学院校草沈向北在联合医学竞赛上稳稳地拿到了金奖！"

她会忍住不去听，可是却发现，越是这样地想要逃开，越是没有办法走出他的世界。

五楼的医生值班室，此时只有两名医生在值班，看到尚禹溪走进来，他们才分别从监控台和办公桌前起身，走到尚禹溪的面前："欢迎您，珊妮医生！"

其中一位，是一个中等个头的年轻男人，叫赵西蒙，是沈向北的助理。另一位则是一个梳着马尾的利落女孩，叫杨米娜，是栾院长配给尚禹溪的助理。

尚禹溪草草跟他们打了声招呼，就坐在了自己的位置上，然后认真地看起了手边的资料。

她的目的是尽快解决眼前的事情，然后回到国外，可刚坐在位子上，脑子里就冒出了沈向北的影子。

"珊妮医生，听说你今天惩治了邱夫人啊？您真是英勇，我们一直都敢怒不敢言。这次你替我们出了一口气！"杨米娜走到尚禹溪身边，眉飞色舞地说道。

尚禹溪笑了笑："我没有惩治她，只是尽了自己的义务罢了。"

"你是不知道，那个邱夫人实在是太可怕了！前天我给邱总测血压的时候，她就在那里瞪着我！结果我手一抖，听诊器掉了下来，然后她就劈头盖脸地骂我。"杨米娜一脸苦闷地对尚禹溪说。

"你那算什么？我上次进病房，结果风把门用力关上了，声音把她吓了一跳，结果，她就尖叫着骂了我半个小时。"身边的西蒙说道。

"照你们这么说，这个邱夫人很不好惹喽？"尚禹溪犹豫了一下问道。

"也不是啦。您不是就用您的专业知识狠狠地说了她么！"西蒙憨笑着说。

尚禹溪没有说话，但似乎意识到自己惹了不小的麻烦。

一个小时后，尚禹溪从值班室走了出来，她将自己身上穿着的白大褂脱下来，随意地搭在了手臂上，然后走了出去。

利兹的餐厅在顶楼，再上一层是露台，有时值班的医生会在这里约见病人的家属，让人感觉比较放松。

而之所以尚禹溪选择在这里见沈向北，是因为她从上飞机开始，就只喝了一杯水，此时的她，饿得恨不得用最快的速度冲进餐厅。

刚到餐厅，她就看到沈向北一脸平静地从餐桌前走过来，手上还端着两杯牛奶。

"给，希望你的习惯还没有变。"沈向北将其中一杯递给了尚禹溪，然后自己端着另一杯走到了一个角落的位置。

尚禹溪愣了一下，然后跟着走了过去，并将手里的杯子推到了沈向北的面前："不好意思，我已经不再喝加过糖的东西了。"

四年前，尚禹溪每天中午都会喝一杯牛奶，而且在牛奶中加入许多糖，沈向北总是告诉她，这是不健康的，可是，尚禹溪从来都是摇摇头。

离开他的四年里，她改掉了这个习惯，只是不希望耳边再出现梦魇般的声音。

沈向北突然开口打断了她的回忆："这个是没有加过糖的……"

尚禹溪回过神来，微微抬起头看着面前那个自己曾经再熟悉不过的面孔，问道："你说什么？"

"我看过你的资料。"沈向北笑了笑，将面前那杯牛奶推回到她的面前。

"说吧。你想要找我谈什么？"尚禹溪看着沈向北问道。

"四年前，你为什么要离开我？"沈向北看着尚禹溪认真地问。

"因为我厌倦了，我不想再和你有任何瓜葛！"尚禹溪微微弯起嘴角，认真地看着他说。

沈向北脊背一震，还是平静地看着尚禹溪问："小溪，当年到底发生了什么事？"

尚禹溪直直地看着沈向北，然后突然微微一笑："什么事都没有发生，真的只是我厌倦了。"

"沈教授，关于下午手术的事情，栾院长要找您商量一下。"身边突然走来了一个护士，对沈向北说道。

"过一会儿可以吗？"沈向北微微侧目，问道。

护士看了尚禹溪一眼，然后摇摇头，一本正经地对沈向北说："院长要您现在就过去。"

尚禹溪看了沈向北一眼，伸手端起面前的杯子："你还是去吧。我们之间已经没有什么可以谈的了。"

护士扫了他们一眼转身离开了。沈向北张了张嘴，还想多说什么，却只是对尚禹溪认真地说："我先失陪了！"

尚禹溪微微眯起了眼睛，阳光照在她的脸上，同当年一样灿烂。

尚禹溪觉得，当年山盟海誓的话，随着自己的离开已经烟消云散了。

而如今坐在这里,尚禹溪竟然觉得有些伤感,她和沈向北之间,还有许多理不清的东西,可她却以为,他们之间,已经没有过去了。

下午,尚禹溪正要去病房巡视,就听到广播传来了一个消息:中午的时候,利兹医院附近的居民楼发生大火,许多人都被困在了里面。

而距离居民楼最近的利兹医院也成为抢救伤员的第一选择。

尚禹溪赶紧带着巡视表到邱总的病房巡视了一下,就和同事打好招呼下了楼。许多年前,尚禹溪的妈妈曾经对她说过一句话:"这个世界上,最可贵的东西,是生命!"一直以来,尚禹溪都将挽救生命放在第一位。

尚禹溪忘不了那般惨烈的场景,她刚下楼,就看到急诊部推过来许多移动病床,上面的人,裹着厚厚的绷带,有老人,也有孩子。

"珊妮医生,您是心脑血管科室的医生,不必下楼参与急救的。"一个年轻的护士看到尚禹溪后说道。

"我在转心脑血管科室之前,曾经是烧伤科的实习生,你们放心好了,我可以应付的。"尚禹溪面色凝重地说道。

"好!那这里的病人就交给您了!"护士说完,就转身去推刚刚送进来的病人,他们被统一安排在了二楼的走廊里。

看到这个情况，尚禹溪问道："这些烧伤病人要防止细菌感染，为什么没有专门的病房呢？"

一个急诊的中年大夫走过来，看了尚禹溪一眼说："医院现在都已经住满了，没有病房给这些病人住！"

"那怎么办？难道就留在走廊里吗？这样对患者的病情是有很大影响的！"尚禹溪微微蹙起了眉，对中年医生说道。

"没有办法，只能等到别的医院派来救护车，再给他们转院。"中年医生无奈地说。

尚禹溪想了想，然后说道："五楼的病房空着很多，不如把病情严重的患者送去五楼吧！"

"珊妮医生，这是不行的！五楼是专门给邱总设立的私人楼层，是不可以送其他患者上去的！"中年医生立即摆手拒绝。

尚禹溪表情又凝重了下来，过了一会儿，她肯定地说道："这样，你们先送他们上去，有什么事情我来顶着！"

中年医生刚要说话，就被尚禹溪一摆手阻止了。

尚禹溪则去接新的病患，中年医生想了想，还是推着那些烧伤比较严重的病人上了五楼。

在这次的大火中，一个小女孩的父母为了救她，而重伤离世了。女孩只是脚腕受了点儿伤，尚禹溪看她很可爱，就抱着她上了楼，刚走上电梯，她就听到了邱夫人的尖叫声："你们怎么回事啊？怎么什么人都带上来？这里是邱总的私人病房，你们竟敢这么做！"

话音刚落，尚禹溪就走过去，看着正捂着鼻子一脸嫌弃的邱夫人说："是我让他们上来的。楼下的病房不够了。"

"真是胆子不小啊！去叫你们栾院长过来！马上！"听尚禹溪这么说，邱夫人就提高嗓门，朝着身边唯唯诺诺的小护士喊道。

小护士一听，只好一路小跑着下了楼。

尚禹溪丝毫没有畏惧，抱着女孩走进值班室，然后嘱咐西蒙帮忙照顾，自己则走出值班室，帮着刚刚那些病患处理伤口。

几分钟后，护士带着栾院长从楼下上来。栾非看了看周围的情况，就将邱夫人迎进了一边的会客室，片刻，栾院长开门朝尚禹溪招了招手，示意她过去。

"珊妮医生，要不我和你一起进去吧？"身边的中年医生一脸焦虑地说。

"别。您留在这里照顾病人好了，我去就可以。"尚禹溪说着，就快步走进了会客室。

"栾非，你真应该好好管管你手下这个不知天高地厚的黄毛丫头！"邱夫人抬头看了看一边的尚禹溪，一脸得意地对栾院长说道。

"珊妮医生，请你给我解释一下，这是怎么一回事？"栾院长看了看身边的尚禹溪。

"院长，不好意思，给您添麻烦了！外面的患者来自于中午发生的一场大火，这些人都伤得很严重，不能被细菌感染，我在楼下的走廊看见他们，觉得不妥，于是就带他们上来了。"尚禹溪说得很坦然，但在邱夫人眼里，完全是冠冕堂皇的借口。

"栾非你听到了没有？你的员工胆子倒是不小，竟然敢把那些不三不四的人带进我们邱总的私人病房。那烧焦的味道，我现在想想都很恶心呢！"邱夫人说着，又将手放在了鼻子前，做了个想吐的表情。

尚禹溪突然激动地对她说道："邱夫人，麻烦您注意您的言辞，这些人和您一样，都是活生生的人，只不过受了伤而已！您用这种口气说话，难道就不怕别人耻笑吗？"

听到这话，邱夫人气愤地起身指着尚禹溪说道："栾非！你听到了没有？这就是你们医院里的医生？都是什么素质？我告诉你，如果今天的事情不给我一个满意的解决办法，我让你们利兹医院明天就关门大吉！"

正说着，栾院长缓缓伸出手，比了一个暂停的手势："这件事情，我不觉得我们院里医生的做法有什么问题！"

邱夫人原以为栾院长会惩罚尚禹溪，却没有想到，他竟然说出了这些话，她怒不可遏地看着尚禹溪，然后又转头看向栾院长："你们给我等着！"

说完，邱夫人就转身朝门口走去，然后用力地甩上了门。

　　尚禹溪站在那里，一时还有些诡异，但迅速调整好情绪，朝着栾院长鞠了个躬："栾院长，真是不好意思，给您添了这么大的麻烦！"

　　栾院长赶紧摆手："不不不！这件事情，珊妮医生您做得对！医院本来就是为病人开的，您的举动，给我们医院上上下下都敲响了警钟，我们应该向您学习！"

　　尚禹溪愣了一下，然后紧张地问："可是，邱夫人那边……"

　　"你放心好了！我好歹也是这里的院长，她是不能拿我怎么样的。"栾院长笑了笑，说道："你倒是让我想起了一个人……"

　　尚禹溪诡异地抬起头，看着栾院长问："谁呀？"

　　栾院长笑了笑："没有。人老了可能爱胡思乱想。我先去开会了。这里的事情就交给你了。"

　　尚禹溪目送栾院长走出去，随后也走出了会客室，米娜看到她出来，凑到她的身边问道："珊妮医生，您没事吧？邱夫人有没有为难您？"

　　尚禹溪赶紧摇摇头："栾院长很明事理，说我们这样做是对的，邱夫人那边怎么样我还不清楚。"

　　米娜笑了笑，然后说道："刚刚她从会客室冲出来，直直地撞到了一个被火烧过的患者身上，看样子被吓得不轻啊！"

　　尚禹溪耸耸肩："看来暴风雨要来了。"

　　话音刚落，尚禹溪就听到了不远处尖锐的叫声："你给我站住！"

　　尚禹溪循声回头，正看到邱夫人用手指着自己，身边还跟着一脸沉默的邱先生，尚禹溪开玩笑地说："我没动哦。"

　　"你！"邱夫人以为尚禹溪在羞辱自己，就回头对身边的邱先生说道："老公！马上让这个贱人离开利兹！"

　　看到周围的情况，身边的邱先生也猜到了几分，于是转头对邱夫人说："不要闹了，医生这也是为了救人！"

　　邱夫人睁大了眼睛，异常委屈地说："你说我闹？我闹什么了？她现在都欺负到我头上了！"

　　邱先生没好气地说："行了行了！快回病房吧！"

　　邱夫人不依不饶地说："我这也是为了爸爸好！我是怕打扰爸爸的休息！"

　　尚禹溪没说话，而是伸手接过了旁边患者的药瓶，然后径自去给几个不太严重的病人涂药。

　　正在这个时候，邱总病房突然跑出来一个护士，她快步跑到尚禹溪面前说道："珊妮医生，邱总醒了！"

　　尚禹溪不紧不慢地放下了手里的药瓶，朝病房走去。

　　邱夫人还是一脸的不满意："邱总醒了，你竟然这么不紧不慢的！不是说你有医德吗？你的医德我怎么没有看到？"

　　尚禹溪回头看着邱夫人说："夫人，不好意思，邱总刚刚醒过来，需要安静，而且，如果我太快过去，吓到了邱总，造成神经性压迫，这个责任我是负不起的。"

邱夫人刚要说话，就被身边的邱先生按住了："闭上嘴吧！你没听见医生的话吗？爸需要安静！"

邱夫人鄙视地看了尚禹溪一眼，将头转到了另一边。

尚禹溪走进去，看到邱总微微眯着眼睛，就用手帮他遮住了光线，尚禹溪在邱总耳边小声地说："邱总，您现在一定要听我的话，先放松心情，然后再缓慢地睁开眼睛，慢慢地适应光线。"

邱总轻轻地说："嗯。"

几分钟后，邱总才终于将眼睛睁开，然后看向了身边的尚禹溪："我这是怎么了？"

邱夫人走过来正要提着嗓门说话，就被尚禹溪打断了："如果我猜得没错的话，您应该是受了比较严重的刺激，才导致您血压升高，脑淤血量增大，从而压迫了神经，造成了短暂的昏迷。"

邱先生赶紧点头："不愧是珊妮医生啊！都说对了！"

"那我昏迷多久了？"邱总抬起头问道。

"应该是四天多了！"尚禹溪微微思考一下答道。

"不对！是三天！"邱夫人像是逮到了把柄一样，提着嗓门喊道。

"那就是邱先生四天前已经昏迷了，而你们没有发现。"尚禹溪认真地想了一下，说道："还有，邱夫人，请您一定要降低您的分贝，这样很容易让邱总再次受到刺激。"

"对了，我记得四天前的时候，我们去爸爸的房间，爸爸就一直在睡觉，我当时还觉得很奇怪，是你告诉我老人都比较贪睡。"邱先生突然回忆起来，然后转头看着邱夫人说道。

邱夫人赶紧低下头，然后恶狠狠地瞪了尚禹溪一眼。

尚禹溪伸手按住了邱总的手腕，几秒钟后，抬起头来，平静地说："邱总现在已经没什么事了，需要静养和慢治，晚一些我会再过来。"

"利兹的医生可真是不负责任，病人醒了，连血压和心率都不给量一下，也不给好好检查一下就要去休息！"邱夫人白了尚禹溪一眼。

尚禹溪正要迈出的脚突然停了下来，然后看着邱夫人一脸平静地说："高压 130，低压 80，心率每分钟 60 下，视觉和听觉都正常，除了需要家人给揉揉四肢和腰以外，没有其他的问题。"

邱夫人愣了一下，然后一脸怒气地对尚禹溪说："揉四肢和腰？你这分明是敷衍我们！"

尚禹溪笑了笑："邱夫人您真是想多了！我让家人揉邱总的四肢和腰，是因为他已经在床上躺了四天，对他的身体有一定的影响，所以，需要家人帮他减轻负担。"

邱夫人还要说话，却被一边的邱总制止了："闭上嘴！你是不是想看着我死啊？"

邱夫人赶紧摆摆手："不不不！我没有！爸！"

尚禹溪抬起脚平静地走了出去。

Chapter 2
他曾是独一无二的王子

就在尚禹溪给其中一个病人缠纱布的时候，突然一瓶水递到了她的面前，沈向北站在那里，这个举动引得在场的病人纷纷侧目。

尚禹溪犹豫了一下，接过水放在了一边，没有说话。

"我从手术室过来，刚刚听到这件事……"沈向北若有所思地说。

"嗯。"尚禹溪没有过多的话，而是收拾好纱布径自去给另一个病人缠纱布。

"我来。"沈向北接过尚禹溪手里的纱布，然后迅速地给那个病人缠了上去。

尚禹溪看着他修长的手指，突然想起那年他给自己弹琴时的样子。

　　在全院女生的眼里，沈向北就是独一无二的王子，他熟读药理，医术高明，弹得一手好琴，每天能收到许多女生写的情书。

　　在医院的艺术节上，他用钢琴演奏了一首贝多芬的曲子。之后他站在舞台中间，轻声开口，将这首曲子送给了唯一的她，引来了所有人的唏嘘。

　　这仿佛是在昨天，在尚禹溪的眼里却显得那么不真实……

　　发现尚禹溪在发呆，沈向北轻声问道："怎么了？"

　　尚禹溪赶紧摇摇头："沈教授，您刚下手术室，还是去休息吧！"

　　说完尚禹溪就头也不回地离开了。

　　尚禹溪回到值班室的时候，西蒙医生正在陪小女孩，她还很小，能说的话不多，只言片语间流露着要见妈妈的愿望。

　　尚禹溪走过去，抱起了女孩："你叫什么名字啊？"

　　小女孩用稚嫩不清的声音对尚禹溪说："小雨。"

　　尚禹溪笑了笑："小雨啊，我们还真是有缘分呢！"

　　"阿姨，你叫什么名字呀？"小雨含混着问道。

　　"我叫尚禹溪。"尚禹溪笑笑，摸了一下小雨的头发，"我们的名字里面有个相同发音的字。"

　　小雨很委屈地对尚禹溪说："阿姨，我要妈妈！"

尚禹溪摸着小雨的头，然后说道："你一定要听话，你听话妈妈就来了！好不好？"

小雨似乎听懂了，收起了悲伤，朝尚禹溪乖巧地笑着点头："嗯。"

下午，西蒙和米娜去了会议室，尚禹溪只好带着小雨一起去了邱总的病房，刚进门，就看到邱夫人板着脸坐在一边的沙发上。

尚禹溪带着小雨走进去，看到了正侧目看着窗外的邱总："邱总，您觉得怎么样？"

没等邱总回答，邱夫人就白了尚禹溪一眼，然后对着邱总说："爸爸，你看利兹真是越来越不像话了，医生都能带着孩子来上班！"

邱总看了看尚禹溪，然后回头对邱夫人说："你要是没什么事，就先出去吧！有医生在这里就可以了！"

邱夫人愣了一下，然后转身走了出去。

尚禹溪正要解释，就被邱总打断了："医生，我的状况好像不太对劲儿！"

尚禹溪点点头："是啊！您生病之前的血压一直正常，可突然淤血加重，应该是受了什么严重的刺激。"

邱总摇摇头："不！恰恰相反……这就是我觉得奇怪的地方！"

尚禹溪将小雨抱到了一边的沙发上，然后走到邱总身边，认真地问："您的意思是有别的什么原因？"

"如果我没有猜错的话，应该是这样的。"邱总认真地点点头。

尚禹溪有些奇怪，小声问道："如果当真是有人要害您，您这样告诉了我，不怕有麻烦吗？"

"你在国外的老师，是我最要好的朋友，我告诉过他，如果我生了病，他一定要亲自来为我看病！我只相信他。"邱总叹了口气，说道。

"可是，这次老师……"尚禹溪有些犹豫地说。

"我知道，他之所以没有来，就是防止别人知道这件事情，所以他派了自己的得意门生过来！"

尚禹溪还是有些糊涂，但是听到邱总这样说，也意识到了事情的严重性，认真地分析道："能导致脑淤血的情况有很多种，有的人颅内压增高，就会出现这种情况，还有就是外伤引起的。"

看着邱总诧异的面孔，尚禹溪接着说："但我们检查过您的头部，是没有外伤的，而且药物导致的话在检查的时候肯定是会被查出来的。"

尚禹溪突然意识到了什么："不排除长期服用某种药物，引起了间歇性的出血，药量少，而且周期长，是不会被发现的。您长期服用过某种药物吗？"

邱总想了想，然后说道："前段时间吃过一阵子补钙的药，这应该是不会有问题的。最近也没有吃。"

"我能看看您的药瓶吗？"尚禹溪想了想说道。

"在家里，晚点儿我的孙子会从国外回来，我让他带你去。"邱总想了想说道："珊妮医生真的是麻烦您了，来给我看病，还要操心我家里的事情。"

"这也是为了您的生命安全嘛！没关系的。更何况您还是我导师的朋友。"尚禹溪看了看邱总，然后认真地说："我必须保证您家里没有人才能去的，否则……"

"我会想办法把他们留下，我的孙子你可以放心，他很孝顺，会帮助你的。"邱总正说着，尚禹溪就听到了门口传来了一个清晰的声音："我刚回来，就听到您在夸我。"

接着，一个高个子大眼睛的年轻男孩从门外走了进来，身后还拖着一个白色的拉杆箱。

"珊妮医生，给你介绍一下，这个就是我的孙子，叫邱泽凯。"邱总指了指男孩说道。

"你好。"尚禹溪在打招呼的时候，就注意到了他身后的那个箱子，看样子，和自己的是同一款。

"珊妮医生，非常感谢你帮我照顾我的爷爷，多谢！"说着，邱泽凯将箱子放在一边，关门走了过来。

"泽凯啊，你在国外过得还好吗？"邱总关心地问。

"很好！爷爷，您的身体怎么样啊？"邱泽凯走到了邱总的身边问道。

"还好。晚上的时候，你带着珊妮医生回趟我们家，去拿一个重要的东西。"邱总抬了抬手，说道。

"是什么东西啊？这么兴师动众的。"邱少爷一个转身，坐在了小雨身边，然后抚摸着小雨的头发。

"千万不能兴师动众，你们要在谁都不知道的情况下拿样东西。"邱总一脸严肃地对他们说。

"好吧！我知道了！"邱少爷笑了笑，转身看着小雨问道："你是谁家的孩子？"

小雨缓缓地抬起手，朝着尚禹溪指了指。

"想不到珊妮医生这么年轻，孩子都这么大了啊？"邱泽凯看着尚禹溪难以置信地问。

"邱总，没事的话我先出去了。"尚禹溪走到了小雨身边，然后一把抱起了她。

"爷爷，我也出去一下。"说罢，邱少爷顺手拖着行李箱走了出来。

刚走到门口，就看到尚禹溪站在门口盯着他看……

"珊妮医生，您这个眼光蛮可怕的啊！"看到尚禹溪的目光，邱泽凯下意识地向后退了一步，表示胆怯。

"你能把我的行李箱还给我吗？"尚禹溪看着邱泽凯，一字一顿地说。

邱泽凯愣了一下，问道："这个……是你的？"

尚禹溪点点头，然后朝着行李箱下角的那个字迹指了指。

邱泽凯看了一眼，尴尬地笑笑，赶紧笑着将那个行李箱推到了尚禹溪的面前："不好意思！我随手借来用的！"

"你为什么要骗你爷爷说你在国外？"尚禹溪接过了行李箱，然后回头看着邱泽凯。

"为了找女友啊！在国内可有很多美女的！"邱泽凯一脸的得意。

尚禹溪顿时觉得眼前这个人很不靠谱，冷冷地笑了一下，抱着小雨走进了值班室。

没想到邱泽凯也跟了进来，说："珊妮医生，我有件事情想要请教你。"

尚禹溪抬头看了他一眼："说吧。"

邱泽凯突然一个绅士的转身，然后将手搭在胸前："我能请你做我的女朋友吗？"

尚禹溪以为自己听错了，微微皱起了眉头："不好意思，你说什么？"

"我想让你做我的女朋友啊！"邱泽凯眨了眨眼睛，看着尚禹溪说道。

尚禹溪愣了两秒，然后硬生生地指着值班室门外："邱少爷，如果您很闲的话，麻烦去帮助一下走廊里的患者，不要在这里浪费我的时间！"

"我说的是真的啊！喂！"邱泽凯一边扒着值班室的门，一边说道。

尚禹溪朝门外摆了个微笑的脸，接着突然脸色一变，狠狠地关上了门。

这真是林子大了什么鸟都有啊！

小雨在尚禹溪身边摆弄着不知道从哪里拿来的听诊器，尚禹溪笑着问："你长大也想当医生吗？"

小雨用含混不清的声音说道："当医生。"

尚禹溪笑了笑，问道："你喜欢阿姨吗？"

小雨眨着稚嫩的眼睛连连点头："喜欢。"

"那小雨和阿姨一起住吧。"尚禹溪看着小雨，尽力用平静的口气说道。

"要妈妈！"猝不及防地，小雨开始哭闹，她每哭一声，都会用力地吸一口气，尚禹溪没办法，只好抱着小雨安慰她："妈妈很快就回来了，小雨一定要乖。"

正在这个时候，西蒙医生回来了："珊妮医生，您带着小雨去病房的事情被齐院长知道了。"

尚禹溪微微蹙眉，问道："齐院长？齐院长是谁？"

西蒙医生撇撇嘴："齐院长和栾院长可是利兹两个重要的人物啊！说得简单点儿，就是栾院长管实际的事情，而齐院长则负责我们院里的经济方面。"

尚禹溪想了想，问道："如果被齐院长知道了，会怎样呢？"

西蒙医生犹豫着说："齐院长和邱夫人的关系不错，肯定是邱夫人去告状了，怎么解决这件事情，恐怕就等邱夫人发落了。"

尚禹溪笑了笑："有那么恐怖吗？"

正说着，就听到门外传来一阵脚步声，突然，值班室的门被人用力地推开了，一个略微有些胖的中年男人带着一群人走了进来。

那个男人头上已经没有多少头发，鼻梁上架着一副高度数的金丝眼镜，看上去表情有些严肃。这人正是齐院长。

"你就是新来的珊妮医生？"齐院长推了推鼻梁上的眼镜，看着尚禹溪严肃地问道。

"您好！齐院长，因为到的比较匆忙，所以没来得及去拜访您。"尚禹溪见势，只好先发制人。

"我听说有患者投诉你，说你带着孩子来工作！"齐院长走到一边的椅子上坐下来，然后看着尚禹溪，话里有话地说道。

"不是这样的！"尚禹溪摇摇头，说道："这个孩子是一个患者的，因为没人照顾，我只好……"

"不用再说那么多了！利兹有利兹的规矩，我们不能容忍你这种不守规矩、不负责任的人留在利兹！"齐院长看着尚禹溪，一字一顿地说。

尚禹溪抬头看了看站在门口正一脸得意的邱夫人，没有说话，起身走到了一边的桌子旁，拿起了邱总的病历递给齐院长。

"你这是什么意思？"齐院长扫了那份病历一眼，问道。

"这是邱总的病历，我在后面补充了一些内容，这是我导师的意思，请按照我导师的治疗方法继续执行。"

"这份病历就请你拿回去吧！我们利兹医院不需要你那个所谓的导师帮助。我们有足够强大的医疗团队，别的事情不需要你操心了，你还是尽快离开这里吧！"齐院长说着，就朝尚禹溪笑了笑，转身朝门口走去。

"齐院长！"

突然，门口响起了沈向北的声音："齐院长，我希望您想清楚再做决定。"

沈向北此时已经脱掉了自己的白大褂，换上了一件比较修身的西装外套，一步步走到齐院长的面前。

"沈教授，您来这里做什么？您不是已经下班了吗？"齐院长愣了一下，毕恭毕敬地问道。

"是啊！我过来带那个孩子走。"沈向北若无其事地看了看尚禹溪，然后径自走到了小雨的身边，对齐院长说道："这个孩子是我带过来的，有什么问题，你就直接找我谈吧！"

齐院长愣了一下，然后赔着笑脸对沈向北说道："是这样啊？"

沈向北微微笑了笑："就是这样啊！难不成齐院长要连我一起赶出利兹？"

"不不不，怎么会呢！沈教授可是我们院里的顶梁柱！没有您，哪里有利兹的今天啊！"齐院长一脸谄媚的笑意。

"既然这样的话，那珊妮医生，是不是……"沈向北欲言又止地看着齐院长。

"哦哦，原来是个误会。既然这样，那大家就都散了吧。珊妮医生，不好意思，我刚刚没有弄清楚事情的原因。都不要往心里去，那您先下班好好休息吧。"齐院长对尚禹溪说道。

"什么？齐院长，你想要放过她？你知不知道，这个珊妮医生对我大不尊敬啊！"站在门口的邱夫人发现自己的恶气又没能出成，就赶紧走到齐院长面前抱怨道。

与此同时，门口突然响彻了一个沉重的男低音："混账！你不好好守着我这个病人，竟然跑到这里来撒野了！"

尚禹溪扭头看到邱泽凯正推着邱总从外面走进来……

尚禹溪赶紧走过去，对邱总说道："邱总，您这样剧烈活动是不可以的，怕是会影响您的康复啊！"

邱总点点头："没关系，我自己的身体我知道，你放心好了。"

邱夫人忐忑地走过去，蹑手蹑脚地站在邱总身边，像个被当场抓住的小偷。

而推着邱总过来的邱泽凯，倒也真是让尚禹溪刮目相看，他一脸笑意地看着尚禹溪，然后卖萌般地眨着眼睛。

这邱夫人可是邱泽凯的母亲，他这样地看热闹，也真是让尚禹溪有些犯糊涂。

"爸爸，是她……"邱夫人赶紧一脸委屈地看着邱总说道。

"住口！我活了这么久，你那点儿小心思我还看不懂吗？"邱总狠狠地白了邱夫人一眼，然后转头说道："你，赶紧给我回去！不要在这里丢人现眼！"

邱夫人赶紧一脸泪水地朝着病房跑了过去。

而一边的邱泽凯，早已经笑得一塌糊涂。尚禹溪看了他一眼，觉得这个家伙简直是冷血无情啊！

眼看着危机就要这样散去了，尚禹溪这才走到齐院长面前，然后微微笑了笑："齐院长，既然这样的话，那我就先下班了，有什么事情，您再找我！"

齐院长赶紧点点头："好好。慢走。"

正要抬步，邱总突然叮咛尚禹溪："珊妮医生，别忘记我交代的事情。"

尚禹溪赶紧点点头，然后对邱总说道："您放心吧。我现在让值班医生带您回去。其他的事情，就由我来处理。"

邱总满意地点了点头，然后被西蒙推着回了病房。

沈向北抱着小雨先一步走出去，尚禹溪也拖着自己的行李箱走了出去。

"女朋友，你不会忘记了答应我爷爷的事情吧？"尚禹溪刚拖着行李箱走出门，就听到邱泽凯小声在自己的耳边说道。

"麻烦您不要叫得这么亲密！另外，我也没有忘记。但是你能不能等我先放好行李再说？"尚禹溪微微侧过头，一脸不耐烦地说道。

"当然可以了！我陪您一起去。"邱泽凯一脸笑意地跟了上来。

尚禹溪向邱泽凯比了一个制止的手势："我看还是算了！我自己可以的。"

下一秒，尚禹溪已经站在了利兹的公寓前，利兹给本院医生的公寓是全市较为高端的住宅楼，曾几何时，这里曾是尚禹溪憧憬的地方，而此时，站在门口她却没有了任何向往。

沈向北抱着小雨走在前面，尚禹溪跟在后面，保持着不远不近的一个距离。而她身边的邱泽凯则殷勤地帮尚禹溪提着行李，他到底还是跟来了。

"利兹果然是一家大医院，这雄厚的资金力量真是让我佩服啊！"邱泽凯一边走着，一边跟尚禹溪攀谈着。

尚禹溪扫了他一眼，说："邱少爷还要跟我上去吗？"

沈向北微微侧了下头，没有说话。

邱泽凯笑了笑："我也想见识一下这个公寓，不知道珊妮医生能不能给我这个机会啊？"

尚禹溪愣了一下，然后有些不耐烦地对邱泽凯说道："随便你好了。"

这一刻，她觉得还是带着他比较好，因为和沈向北单独在一起，她真的怕自己那早已坚定的心再次动摇。

刚到国外两个月后，她忍不住内心的煎熬，突然在一天早上，毅然决定回来。

可是当自己拖着沉重的行李箱，走进机场的候机室时，她突然觉得自己是那么的可笑。回去，又能怎么样呢？沈家不会接受自己，沈向北注定是要与一个门当户对的人在一起。

当年可笑的那声"小溪……"不是早已离自己远去了吗？她在候机室里哭着哭着突然就笑了，然后毅然拖起行李走出了候机室。

医院给尚禹溪准备的那间公寓在顶楼，看着比较清静，站在窗口能看到市区的全貌，她甚至能看到当初自己和妈妈住的那间小房子在什么位置。

"这里是医院给你准备的公寓，你就住在这里吧。"沈向北突然开口，对站在窗口发呆的尚禹溪说道。

"嗯。"尚禹溪没有说过多的话，而是接过了小雨，将外面的世界指给她看："那红红的是晚霞，小雨，你觉得好看吗？"

小雨朝尚禹溪含混地吐出两个字："好看！"

　　"珊妮医生，我们该走了。"这个时候，邱泽凯转头对尚禹溪说道。

　　"好。"尚禹溪回头看着正坐在沙发上的邱泽凯。

　　沈向北最终还是没有问他们究竟要去哪里，他执着地相信着，她还是当年那个小溪……

　　"沈教授，能不能麻烦您帮我照顾一下小雨？我很快就回来。"尚禹溪看着沈向北，缓缓地说道。

　　"可以。"几乎一秒钟都没有犹豫就应了下来。

　　是啊。在尚禹溪的眼里，沈向北就是这样的有求必应。

　　"到了。"尚禹溪突然听到了邱泽凯的声音。

　　她收起了自己满脸的悲伤，看着面前独门独院的一个别墅问道："这是你家？"

　　"是我爷爷家。我现在已经不住在这里了。"邱泽凯笑了笑，然后走到尚禹溪面前问道："看着还不错吧？"

　　尚禹溪没理他，而是径自走进去："你知道你爷爷平时吃的药在哪里吗？"

　　"这个就要问我家的管家阿姨了。"邱泽凯说着，就朝楼上喊了一声："我回来了！"

　　后一秒，一个穿着一身整洁西装、面色冰冷的管家从楼上走了下来："小少爷，您可回来了。"

　　邱泽凯笑了笑，介绍道："这位是爷爷的私人医生，想来找一下爷爷平时吃的药。麻烦秋姨帮忙找一下可以吗？"

秋姨冰冷的目光有了一丝缓和："好的，医生，请您跟我来！"

邱家的大宅子共有三层，占地面积绝对不小，邱老先生的房间在二楼，是一个很大的套房，在卧室外面的桌子上，平静地躺着几瓶药，也就是说，只要能进来邱总这个小客厅，谁都可能换走他的药。

尚禹溪拿起其中的一个药瓶，然后看了下药物包装上的名称，确认瓶子是钙片后，倒出其中一粒药，仔细地看了看，果然发现有些异样。

虽然这个瓶子里装着的也一样是补钙的药片，可却被一层细细的粉末包裹着，这药是进口的，尚禹溪在国外的时候也接触过，确定外表是不会有粉末的，这才从口袋里拿出一个小袋子，然后小心地抖进去一些细细的粉末，走出套房去。

"珊妮医生，看来您忙完了？"邱泽凯看着从楼上走下来的尚禹溪，抬头问道。

尚禹溪点点头："是啊。我们可以走了。"

说着，尚禹溪头也不回地朝着门口走去，也正是这个时候，她听到了门口一个急促的声音："快，我们要赶快去看爸爸！"

这个急促的女声，并不是来自邱夫人的。

尚禹溪朝门口看了一眼，深觉不妙。

而一边的邱泽凯倒是像所有事情都与他无关一样，平静地看着开门进来的人。

"你是谁？"一个穿着华丽的女人进来了，打量了一眼尚禹溪后，转头看向了大客厅的沙发："泽凯，你怎么回来了？"

"姑姑！"邱泽凯赶紧起身，一把揽住尚禹溪的腰："这是我的女朋友，我带她来家里认认门。"

话音刚落，邱泽凯的姑姑就快步走到尚禹溪面前，笑着说："你历任女朋友里面，我觉得这个最可心！"

尚禹溪没有辩解，因为她明白，如果这时辩解，就等于将自己推进一条死胡同，而且会阻碍邱总的计划。到时候，就算查到这个药里面有问题，或加入了别的药物，也没有任何头绪能证明是从哪儿来的药。

想到这儿，尚禹溪只觉得一阵阵的压抑。

"姑姑，既然您回来了，我们就先走了。"邱泽凯看了看身边不太自然的尚禹溪，回头对邱姑姑说道。

"你们留下来吃饭吧。我叫秋姨准备一些饭菜。"邱姑姑对邱泽凯说道。

"不了。"邱泽凯拒绝道。

"泽凯，要不然，你搬回来吧！这个家里没有你，姑姑觉得没着没落的。"邱姑姑一脸焦虑地说道。

正在这个时候，从外面拖着几个箱子的中年男人走了进来，不用说，这就是邱姑姑的丈夫，也是邱泽凯的姑父。

邱泽凯只是朝他笑了笑，然后就对姑姑说道："我们还是先离开了，我回来的事情，还请姑姑暂时替我保密。"

姑姑点点头。

一路上，邱泽凯的车速很快，似乎有些积压的火气。

尚禹溪看着邱泽凯，问道："你为什么离开邱家？"

"为了女友啊！"邱泽凯回头看了尚禹溪一眼，然后认真地说道。

尚禹溪微微皱了下眉头："真的？"

"当然是真的。"说着，尚禹溪明显感觉车速增加了不少。

"我开车这么快，倒是很少看见有女生不尖叫的啊。"邱泽凯突然一脸笑意地对尚禹溪说道。

"我确实没什么兴致尖叫。"尚禹溪冷冷地哼一声，说道。

"所以，你果然是一个适合当我女朋友的人。"邱泽凯顿时得意得很。

"抬举了。"尚禹溪突然话锋一转："你在前面的那家儿童用品商店把我放下来，我去买些东西。"

邱泽凯耸耸肩，然后一个转向停在了门口。

"谢谢，你不用等我了。"尚禹溪回过头说道。

"作为一个靠谱的男朋友，我是一定会陪女朋友逛街的！"

"真的不必了！"尚禹溪正说着，他已经先一步走了进去。

没办法，也只好跟着走了进去。

"请问有什么需要帮忙的吗？"一个年轻的店员走到他们面前问道。

"我想选四岁女孩穿的衣服。"尚禹溪犹豫了一下说道。

"好的，请跟我来。"此时周围都在议论，这对年轻的夫妇竟然有一个四岁的女儿。

尚禹溪也没有辩解，倒是邱泽凯明显兴奋不少。

选好了衣服刚要出门，尚禹溪就看到一个肚子圆鼓鼓的年轻孕妇走了进来，然后一头扎进邱泽凯的怀里："少爷，你怎么能这样抛下我……"

尚禹溪一时有些尴尬。

周围开始议论道："她们谁是原配谁是小三啊？怎么会有这么狗血的剧情！"

"当然是女儿四岁的女人是原配喽！"

"没准这是个未婚妈妈勾引富家阔少的故事呢！"

正在这个时候，邱泽凯伸手温柔地推开了那个女孩："不要闹了，你都和别人结婚了，就好好照顾你老公和孩子吧！"

女孩突然号啕大哭，然后指着尚禹溪大声地说："一定是你，是你让邱少爷离开我的！肯定是！"

尚禹溪突然觉得异常尴尬。这种被人骂成是小三的场景，到底是有多么的可怕……

当年，母亲为了照顾她，去了一家酒吧卖酒。只因那天那个中年男人喝多了酒，母亲好心送他回去，却被人骂成了小三，此后，几乎每天母亲回到家，身上都会带着一些大大小小的伤痕。

而那个接受过母亲帮助的男人，却如同缩头乌龟一般，没有替母亲辩解一句。

她还记得，那天中午，家门口站满了人，几乎所有人都是来这里看热闹的，她忘不掉那些看客的笑容，和今天的围观者尤为相似。

她的妈妈无助地站在人群中，被一个女人带来的很多人团团围住。

那场景像极了今天。

就在这个时候，她听到邱泽凯充满笑意的声音："你别误会，我和你分开，只是因为我没有办法接受你和别人结婚了。她是我表姐，我是来陪她给她女儿买衣服的。"

尚禹溪抬起头，看着邱泽凯。她真不相信这个纨绔子弟竟开口维护自己。

"表姐？"女孩睁大了眼睛，质疑地看着尚禹溪。

尚禹溪不习惯说谎，就没有作声。

邱泽凯则笑了笑："是的。她是我表姐。既然你已经嫁给了别人，我们就没有办法在一起了，你还是和你老公一起好好生活吧！"

女孩眼睛里面噙满了泪水，说道："你真的不能原谅我吗？只要你说你喜欢我，我现在就回去离婚！"

邱泽凯只是笑笑，然后走过去轻轻地摸了摸她的头发：
"傻丫头，快回去吧！"

尚禹溪有些无语，这家伙越是这样，不就越容易纠缠不清吗？她无奈地摇摇头，然后转身走了出去。

下一秒，就发生了一件让她完全没有想到的事情，女孩也笑了笑，然后转身走了出来。

和平结束？！

尚禹溪瞬间呆住了……

"走吧！表姐女朋友！"邱泽凯从里面走出来，手里拿了一套乐高的玩具，走到尚禹溪面前："你最好再给她带个玩具，如果无所事事，很容易胡思乱想。"

尚禹溪看着他，面无表情地问道："你这是用了什么魔法啊？你们竟然能和平分手！"

"魔法？"邱泽凯笑了笑："太抬举我了。她是我的前前前前任女朋友。"

尚禹溪看着他，只觉得这家伙还真有人渣的潜质！

"后来我从家里搬出来了，她就以为我不再是邱家人，然后离开我嫁给了一个几乎和我爷爷年龄差不多的富商……"邱泽凯一脸苦笑地说。

"这么说来，还是一场苦情戏呢？"尚禹溪一脸无奈地说。

"是啊！很伤心呢！"邱泽凯赶紧靠在了尚禹溪的肩上，一副小鸟依人的样子。

尚禹溪猛地一个大幅度转身，甩开了他的手臂。

邱泽凯顺势摔倒在地上，那姿势真是"优雅"极了……

Chapter 3
他和你有什么不可告人的关系？

走到公寓门口的时候，尚禹溪赶紧伸手接过了邱泽凯手里的东西，然后冷冷地说："时间不早了，你还是早点休息吧！"

说完，尚禹溪转身想要上楼。

"珊妮医生还真是不好客啊！本来还以为珊妮医生会带我上楼喝杯咖啡呢。"邱泽凯一脸的不情愿。

"咖啡就算了，我没有晚上喝咖啡的习惯。再见。"尚禹溪优雅地转过身，那双红底的恨天高踩在地上稳稳的。

"还是说，那个沈教授，和你有什么不可告人的关系？"邱泽凯突然话锋一转，饶有兴致地问道。

尚禹溪的腿微微地颤了一下，带动肩膀也轻微地晃动。她回头看着邱泽凯，笑笑："再见。"

不去解释也不去询问,这或许才是最好的办法。

门"砰"地一声关上了,他露出一脸坏笑。

尚禹溪提着两个大袋子和一箱乐高玩具走到门口的时候,站了很久,公寓的门上有个很大的玻璃,能看到房间里面的情况。

此时沈向北正和小雨一起玩,他像个大孩子,笑得很阳光,岁月真的不曾在他脸上留下什么痕迹,亦如那年的他。

尚禹溪在门口站了一会儿,还是鼓起勇气走了进去,该面对的事情,终究是逃不掉的。

"小溪,你回来了?"沈向北走到尚禹溪面前轻声说。

"嗯。"尚禹溪没有过多的话,而是将手里的东西放在了一边的桌子上,将玩具拿给了小雨:"这个你喜欢吗?这是邱叔叔送给你的。"

小雨抬起头,很高兴:"喜欢,谢谢阿姨。"

沈向北愣了一下,似乎有话想要对尚禹溪说。

"沈教授,很晚了,您还是先回去吧。"尚禹溪没有抬头看沈向北,接着说道:"很感谢您帮我照顾这个孩子。"

沈向北身体颤了一下,欲言又止地看着尚禹溪。

"还请沈教授不要让医院里的任何人知道我们之间的事情,否则,对你,对我,都会有不好的影响。"尚禹溪提醒他说。

沈向北苦笑着点了点头："那我先回去了，有事的话，你随时喊我。"

尚禹溪似乎有些没听懂。喊他？怎么喊他？

她没有说话，看着他开门走出去。

透过公寓门上的玻璃，尚禹溪分明看到沈向北走进了自己房间对面的那间房。

他们之间，只隔了一条三米长的走廊。

尚禹溪愣了一下，看着那扇关上的门，心想这一定是设计好的！

晚上，小雨跟尚禹溪躺在卧室的床上，尚禹溪给小雨讲故事，突然就接到了妈妈从国外打来的电话。

"小溪啊，国内现在应该已经是半夜了吧？你怎么样了？回国还习惯吗？"妈妈声音有些沙哑，这是四年来，尚禹溪第一次离她那么遥远。

"嗯。很习惯。"尚禹溪声音故意轻快了许多。

"你在哪家医院呀？"

"利兹医院。"

"利兹？"妈妈突然沉默了。

尚禹溪呆呆地问："您知道利兹？您曾经也在利兹上班吗？"

那边，妈妈的声音突然变了，说："没有，我就是一时有些困，想去睡个午觉。"

说着，那边就挂断了电话。

28 年前，尚禹溪的妈妈尚齐美未婚生下了尚禹溪，受尽了别人的指指点点。

尚禹溪对妈妈的过去知道得并不多，她只知道，当时也读医学院的妈妈，毕业后去了一家医院当心脑血管科室的医生，但在一次手术时，错手碰到了病人的动脉，病人大出血死在了手术台上。

正是因为这次手术事故，尚齐美被医院除名，然后将自己全部的积蓄都赔偿给了患者，又远赴一个小村子里生下了尚禹溪。

她的身世被医学院的同学知道了，所以，他们才会不断排挤自己。

曾经有人当着尚禹溪的面，说她不适合做医生，因为她的妈妈害死了人，她也会害死人的。

尚禹溪虽然觉得这种谬论很可笑，但还是因为这样的谬论，有很长一段时间不敢走进手术室。

她还依稀记得，在一次辩论会上，尚禹溪作为正方几乎被全场观众排挤。

可就是因为她凄苦的身世，哪怕自己口述书本上的资料，都会被无数人反驳。

可怕的是，人心的荒唐。

第二天一早，尚禹溪起床整理行李，小雨因为前一天睡得晚了些，所以还在睡着。她轻手轻脚地走到门口，准备将手里的衣服挂在柜子里面，却一个不留神摔在了地上。

就在这个时候，她听到了敲门声。

她打开门，沈向北提着两袋早餐走进来，看到尚禹溪摔破的腿，赶紧将早餐放在桌子上，然后走过去将尚禹溪拦腰抱起。

尚禹溪挣扎了一下，却发现完全没有用，他那结实的胸膛和自己瘦到皮包骨的身体好像两个极端。

"你怎么瘦了这么多？"沈向北抱起尚禹溪的时候，就皱起了眉头，他一脸疑惑地问道。

尚禹溪没有说话，只是将脸别过去，不看他。

沈向北深吸了一口气："你从来都不肯好好吃饭。"

说着，就将她扶到了餐桌前的椅子上："先吃饭吧。我帮你收。"

说完，他转身提起了尚禹溪的行李，然后走向了柜子。

沈向北见尚禹溪没有说话，就将她放在花架边，然后从口袋里拿出了一个三明治，递给了尚禹溪："这个你吃吧。我去帮你收好东西。"

尚禹溪拿着三明治，眼泪不停地流下来。

想不到，她最讨厌的人，却成了这个地方唯一一个真正对自己好的人。

就在这个时候，邱泽凯突然进来了，手里拎着两袋早餐，尚禹溪看到他的时候，明显惊讶了一下。

"吃我的！这个是我的最爱！"邱泽凯赶紧三步两步走到尚禹溪面前，然后将手里的牛奶和可丽饼递给了尚禹溪。

尚禹溪有些尴尬。

邱泽凯这才发现，沈向北正站在门口，若有所思地看着他。

"呀！沈教授也在啊！"邱泽凯轻松地笑了笑。

尚禹溪看着面前的两份早餐发呆，不知从什么时候开始，她就已经不吃早餐了。工作的原因，有的时候，她会凌晨休息，自然，醒来的时间就已经将早餐时间彻底错过了。

她看着这久违的早餐，有些陌生。

"她不喝加糖的牛奶。"沈向北挂好手里最后一件衣服，然后走到尚禹溪面前坐下来。

"那你吃可丽饼，这个真是超好吃。"邱泽凯将另一个盒子推到了尚禹溪面前。

"她一直都不喜欢可丽饼。"沈向北声音很平静，毫无波澜地说道。

邱泽凯看了看沈向北，然后说道："想不到沈教授对珊妮医生如此了解啊！"

尚禹溪看了看面前的两个人，说道："我已经很久不吃早餐了。"

说完，尚禹溪就从水瓶里面倒出来一杯水，喝了。

邱泽凯耸耸肩，一脸戏谑地看着沈向北。

尚禹溪起身朝着房间走去，头也不回地说："给小雨留一杯加糖的牛奶，其余的你们都带走吧。"

没等尚禹溪关上门，邱泽凯突然大声地说："珊妮医生，你带着那个孩子工作也不方便，不如我帮你带吧！我带她去爷爷的病房，你还可以经常看到她。"

尚禹溪正要关上门的手突然停住了，缓缓地回过头，点头说道："好。"

这确实是唯一的办法。

但也是最纠结的一个办法。

"可是，如果你妈妈把小雨赶出来怎么办？"尚禹溪看着邱泽凯，担心地说。

"我妈妈？"邱泽凯微微蹙起了眉，问道："你见过我妈妈？"

尚禹溪诧异地问："不就是邱夫人吗？"

邱泽凯翻了个白眼："别开玩笑了可以吗？那个女人怎么看都是个后妈啊！"

尚禹溪一时有些尴尬，随即说道："不好意思。"

"没关系，我倒是很希望你能见到我妈妈，告诉我她在哪里。"邱泽凯叹了口气说道。

"哦。"尚禹溪尴尬地笑了笑。

当尚禹溪换好衣服抱着小雨从卧室走出来的时候，却发现沈向北和邱泽凯还坐在餐桌前四目相对，谁也没有要离开的意思。

看到尚禹溪走出来，邱泽凯赶紧走过去接过了她手里的小雨："丫头，叫邱叔叔。"

小雨稚嫩地喊了一声："球叔叔……"

尚禹溪只觉得很好笑，却见邱泽凯假装黑脸地看着小雨纠正道："是一声！邱！你才是个球呢！"

小雨也跟着尚禹溪一起笑。

沈向北看着他们，微微垂下了眸子。

走出公寓的时候，尚禹溪走在中间，而邱泽凯抱着小雨走在左边，沈向北走在右边，这架势倒像是两个保镖簇拥着一个高傲的女王。

"那是沈教授？好帅哦！"

"沈教授身边的那个人是谁？"

"那是新来的医生，叫珊妮。听说为人非常大气，昨天她还给了邱夫人一个下马威。"

听着身边不时传来的议论声，尚禹溪尴尬地低下头，身边的邱泽凯则嘟着嘴巴："看来我真是很久不出现了。他们连我都不认识。"

尚禹溪笑了笑："他们一定会说，那个穿着西装的男保姆是谁。"

沈向北心里一阵阵酸楚。

曾几何时，这个笑脸是只属于他一个人的。

走进利兹后，尚禹溪就让邱泽凯抱着小雨去了邱总的病房。沈向北因为有会要开，也上了楼。

尚禹溪则带着从邱总家打包的那一小袋粉末去了化验室。

几分钟后，通过比对，化验师告诉尚禹溪，这粉末是三氧化二砷，也就是俗称的砒霜。

尚禹溪听到这个结果真是惊呆了，如果真的是三氧化二砷，那服用的后果不堪设想。

化验师又说道："这个很奇怪啊，好像是最近刚刚放进去的。"

尚禹溪问道："什么？怎么回事？"

化验师想了想说："这些粉末中，砷和三氧化二砷的粉末是分开的，也就是说是分批放进去的，而这里面的砷氧化的比较严重，很明显已经放进去很久了，而三氧化二砷，看样子应该是刚刚放进去。"

尚禹溪说道："你的意思是说，最原始的药物应该是砷？"

化验师点点头，然后对尚禹溪说："珊妮医生，我劝您还是尽快将这个销毁吧。现在对三氧化二砷的管制特别严，如果被发现，恐怕您会受牵连啊！"

尚禹溪点点头，然后说道："我会小心的，这件事情请不要对别人说。"

化验师点点头，然后将手里的粉末全部倒入了废液池。

去邱总的病房时，邱夫人正高仰着头走出来，擦过尚禹溪身边的时候，还不忘狠狠地白她一眼。

尚禹溪没理会，而是径直进了病房。

病房里，邱泽凯正和小雨坐在一边的沙发上面看动漫，而邱总则在闭目休息。听到开门声，他才缓缓睁开眼睛，看着尚禹溪走进来，这才快速起身，问："珊妮医生，怎么样了？发现了什么吗？"

尚禹溪回头看了不远处的邱泽凯一眼，然后犹豫着不知道该怎么说。

邱总笑了笑："您放心好了，我这个孙子是很可靠的。他是我唯一相信的家人。"

尚禹溪听到邱总这么说，才缓缓开口说道："我查了一下您服用的那瓶药里面散落的粉末，发现里面含有砷。"

邱总问道："砷是什么东西？"

尚禹溪想了一下，说道："砷中毒的话，人会产生颅内压增高的症状，我在量您的血压时，曾发现您的手掌上有一片片的黑斑，这也是砷中毒的症状之一。"

邱总想了想，然后问道："这是引起我昏迷的主要原因吗？"

尚禹溪肯定地答道："是的，颅内压升高，很容易造成淤血部分破裂，一旦淤血部分破裂，您就会陷入昏迷。另外，如果最近有人拿来补钙的药之类的东西，您千万不要吃。"

邱总突然抬起头，疑惑地看着尚禹溪："难道……"

尚禹溪没有说话。

"您就放心说吧。我的身体我自己是了解的，大风大浪都没能冲倒我，这些事情就更不会对我怎么样了。"邱总看出了尚禹溪的顾虑，说道。

"我带样本去化验，发现最近那里面还加入了一些新的东西。"尚禹溪如实交代。

邱泽凯这个时候也起身走了过来，然后看着尚禹溪问道："什么东西？你的意思是说，有人给我爷爷下了毒药？"

尚禹溪点点头："里面有三氧化二砷，也就是我们俗称的砒霜，只要吃上一粒药丸，后果就不堪设想。"

邱泽凯突然挥起了拳头，狠狠地砸向一边的墙壁："爷爷，我对不起您，我不该离开邱家。如果我在的话，一定不会让您有事的！"

邱总轻松地笑了笑："没关系，我这不还好好的吗？现在主要是查出到底是谁的药。"

尚禹溪小心地问："平时您的药都是谁拿给您呢？"

邱总肯定地说："是莫文。"

尚禹溪觉得这个名字很陌生，就抬起头看着邱泽凯。

"我后妈！"邱泽凯解释道。

"哦。"尚禹溪尴尬地看着邱泽凯，问道："那邱夫人是不是能直接进入您的房间呢？"

邱总想了想，说道："能的。上次我把房间的钥匙锁在里面了，秋姨又不在家，费了好大的力气才打开。后来，我就给了莫文一套钥匙。"

"也就是说，邱夫人能随意进入您的房间了？"尚禹溪皱起了眉，似乎很多事情都明朗了起来。

"是啊，这次她还主动要求来照顾我，没想到啊，原来是想趁机害死我！"

"如果是这样的话，那您现在岂不是非常危险？"尚禹溪有些担心地说。

邱总想了想，然后摇摇头："在医院里面，她不敢把我怎么样的。"

"不过我倒是觉得很奇怪，邱夫人看着似乎不太精明，为什么能有如此缜密的心思呢？药理这种东西，并不是谁都懂得的啊！"尚禹溪诧异地问。

邱泽凯一脸的愤怒："她是两年前嫁给我爸爸的，婚后一直在家里只手遮天，她已经不是第一次害人了！"

尚禹溪睁大了眼睛看着邱总。

"是啊！小凯的姑姑一直没有子嗣，去年终于有了孩子，没想到，莫文给小凯姑姑喝了一杯茶，就导致小凯姑姑失去了那个孩子。"邱总遗憾地说。

"姑姑一直很难过，可那个女人却像是什么事情都没有发生过一样。"邱泽凯说道。

"真不好意思啊！珊妮医生，真是家丑啊！"

"没关系，救人也是我的职责嘛。"

"是啊！爷爷，以后珊妮医生会成为您的孙媳妇呢！"邱泽凯突然笑着对邱总说道。

邱总突然高兴地想要坐起来："我们邱家要是有你这样的媳妇，真是八辈子修来的福气。"

尚禹溪赶紧摆摆手："邱总，您不要听这个家伙胡说，我已经结婚了。"

邱总一脸吃惊："结婚了？"

邱泽凯也是一脸的诧异："什么？你可不要骗我！肯定是你听说昨天的事情，找了个借口骗我的！"

尚禹溪赶紧摇摇头："不，我没骗你，我真的已经结婚了。"

正说着，沈向北刚好走了进来，站在了尚禹溪的身边，听见对话，没等尚禹溪开口，笑了笑说道："是啊！她已经结婚了，嫁给了我。"

尚禹溪睁大了眼睛看着沈向北，然后赶紧摇头，却被沈向北一把揽进了怀里。

她突然不知道如何去解释，挣脱开转身跑出了门。

刚回到值班室，尚禹溪就看到西蒙医生走过来，将手上的一份资料递给了尚禹溪："珊妮医生，您带走的那个孩子，她不仅父母双亡，而且现在一个亲属都没有了。"

尚禹溪一脸疑惑："西蒙医生，你这话是什么意思？"

"那个孩子已经是个孤儿了，如果一直没有人领养她，她可能会被送去孤儿院。"西蒙医生一脸可惜地说。

"什么？送去孤儿院？"尚禹溪有些不敢相信。

"是啊！"西蒙医生点点头。

"那我领养她好了。"尚禹溪肯定地说。

"不行的，您还没结婚，肯定是没有领养资格的。"米娜解释道。

尚禹溪想了想，然后说道："我已经结婚了。"

米娜和西蒙齐齐睁大了眼睛，然后问道："您结婚了？"

尚禹溪本来不想说这件事的，可是既然已经这样了，她就只好说了出来："我三年前结的婚，丈夫是个美国人。"

"怎么从来都没听您说过呀？您该不是骗我们的吧？"米娜和西蒙充满了疑虑。

"这个我有什么好骗你们的，是真的。"尚禹溪拿出了手机，翻出了一张照片，是她和一个美国人的结婚照。

正当西蒙和米娜睁大了眼睛一脸诧异地看着尚禹溪的时候，门口突然传来了一阵脚步声。

她扭头看过去，就看到沈向北的背影离自己越来越远。他落寞的身影，在走廊里微弱的灯光下显得有些凄凉。

而站在门口的邱泽凯，也是吃了一惊："这不是真的吧？"

尚禹溪笑了笑："谢谢你的帮助，我真的已经结婚了。"

不仅如此，尚禹溪还说会拿出自己在美国结婚的证明。

尚禹溪办好收养小雨的手续后，回到了利兹。

刚走到医院门口，就看到了沈向北从里面走出来，神情有些落寞。

他看到了尚禹溪，然后缓缓走过来，表情痛苦："现在，我们能聊一聊吗？"

尚禹溪点了点头。

利兹的露台上，这个时间几乎没有什么人，尚禹溪和沈向北并肩坐在长椅上，许久没有说话。

"我以为你会一直等着我，等着我找到你，然后娶你……"突然，沈向北开口说道。

"我已经结婚三年了。"尚禹溪没有回答他的话，而是径自说道。

"你爱他吗？"沈向北缓缓地问。

尚禹溪突然愣了一下，然后点点头。

沈向北突然就笑了起来，看着尚禹溪，几乎一个字一个字地说："这就是你的感情吗？轻易地分手，然后嫁给别人？"

尚禹溪还是没有说话。

沈向北突然起身，用力将尚禹溪揽进了怀里，几乎要将她揉碎，四年的等待，终究换来她成为别人妻子的事实。

尚禹溪挣扎着，可是，却挣不脱。

"我们之间，到底是什么关系？"尚禹溪突然开口问道："我一直都分不清，你到底是来拯救我的恩人，还是一个我该永远放弃的故人。"

"从我见到你的第一面起，我就想要保护你。"沈向北声音已经有些颤抖。

尚禹溪笑了笑："那你果然是我的恩人。你只是可怜我，才会觉得那是爱。"

沈向北痛苦地摇头："不！我想照顾你一辈子，想娶你，想陪在你的身边！"

尚禹溪声音很淡然："可是，我们永远不可能在一起了。"

沈向北曾在他母亲的言语中，听到过尚禹溪结婚的消息，可是，他也只是笑笑，他以为，以他和尚禹溪之间的信任，她是不可能放弃自己的。

可谁知，这一切竟然是真的。

"沈教授，我想，您还是不要再来找我了！"尚禹溪说着，轻轻地推开了他，走开了。

四年前，她在国外的时候，听到了沈向北和沈家世交郑欣儿订婚的消息，那个时候，她每天忙于跟着导师参加各种学术研讨会，而沈向北的婚讯则铺满了自己的整个世界。

　　她试着让自己忙一点儿，不去关注这些，可终究，她还是剪下了每期杂志上有关于沈向北的消息。

　　哪怕，他身边站着的人不是自己。

　　他在国内笑得亦如昨日温暖，可笑容，却早已和自己无关。

　　外出留学的同学们，话语间都是对郑欣儿的羡慕，那铺天盖地的新闻好像无孔不入，尚禹溪越是想要逃离，越发现难以克制地想念他。

　　她将他的每一张照片都剪下来，贴在自己随身携带的本子上，这成了支撑她在国外生活下去的唯一信念。

　　一年后，尚禹溪因为没有绿卡，濒临遣送，这个时候，她遇到了一个男人……

　　他的名字叫克莱尔，克莱尔主动提出帮她，可是尚禹溪拒绝了。

　　她始终认为自己没有办法嫁给除了沈向北以外的其他人，直到克莱尔向尚禹溪提出了婚前协议，并且说，他会在国外度过三年的时光，因而，尚禹溪愿意接受他。

　　如果尚禹溪在此期间找到了自己所爱的人，他也会毫不犹豫地退出。

　　说起来，她真的已经三年没有见到克莱尔了。

　　她顺利地拿到了绿卡，在国外一路顺风顺水，可随手剪下沈向北照片的这个习惯却丝毫没有戒掉。

回到值班室，尚禹溪还是难以克制自己的悲伤情绪。

直到西蒙医生慌忙地从外面跑进来："珊妮医生，栾院长请你下楼去看看，有一个患有脑梗塞的病人生命垂危。"

听到这个消息，尚禹溪赶紧跑下了楼。

在急诊室里，躺着一个年轻的姑娘，也就十几岁的样子，已处于闭目昏迷的状态。

"这么年轻的患者？"尚禹溪微微眯起了眼睛，虽然脑梗塞的病人经常可以见到，但这么年轻的还是第一个。

尚禹溪看了看，然后对身边的护士说道："这样吧，先送她去做核磁，我在这里等结果。"

护士犹豫着没有动。

尚禹溪看了看她，问道："怎么了？"

护士犹豫着说："这个女孩和母亲相依为命，家里很穷，恐怕……"

"那这样吧。你先带她去做核磁，我去交费！"尚禹溪想了想说道。

"可是，珊妮医生……"护士欲言又止。

"没关系，你先去吧。"尚禹溪打断她，然后转身朝着交费处走去，交费的时候正好看到栾院长从里面走出来。

尚禹溪赶紧点了点头："院长。"

"珊妮医生啊，您在这里做什么？"栾院长不解地问。

"刚刚送来的病人经济上有困难，而且这个孩子的病症比较复杂，如果不及时救治，恐怕会错过最佳的治疗时机！"尚禹溪解释道。

"所以，你是来帮她垫付医药费的？"

尚禹溪点了点头。

栾院长叹了口气，然后对尚禹溪说道："是这样的，我也是过来想要帮这个孩子垫付医药费，可是走到这里，却发现这个孩子的医药费刚刚被沈教授垫付了。"

尚禹溪以为是自己没有听清楚，追问道："您说的沈教授是沈向北？"

栾院长点点头："想不到我们三个的想法还蛮一致的。"

尚禹溪笑了笑，然后对栾院长说："那我们先去病房看看吧，我刚刚叫护士带那个孩子去做核磁了。可是这么年轻的患者，还是很少见的。"

"我觉得，这件事情我们还是应该先去和她的母亲谈谈。"栾院长想了想说道。

"好。"尚禹溪也觉得理应如此。

约了患者家属到办公室的时候，尚禹溪没有想到，沈向北竟然也来了。

她有些尴尬地低下头，然后随手递给女孩的母亲一杯水："是这样的，为了能及时对您的女儿进行救治，我们还需要您的配合。"

女孩的母亲连连点头，满脸的伤感："我知道！我一定配合。"

沈向北自己接了一杯水，然后走到栾院长身边坐下。

"您的女儿在饮食习惯上，有什么异于常人的地方吗？"尚禹溪想了想，问道。

女孩母亲摇摇头："都是一样的，真没有想到，我可怜的女儿会得了这种病。"

尚禹溪又问道："她的睡眠规律吗？"

女孩的母亲还是摇了摇头。

这个时候，沈向北突然开口问道："您女儿的脾气怎么样？"

女儿母亲好奇地看着沈向北，然后摇摇头："不太好，比较暴躁。"

沈向北继续说道："持续多久了？"

"从小就是。只要一句话说错了，立刻就翻脸。"女孩的母亲满面愁容。

沈向北表情轻松了下来："那我明白了。"

尚禹溪倒是很好奇，沈向北到底知道了什么，为什么他会这样肯定呢？

"如果我没猜错的话，这个孩子的脑梗塞病应该是先天的。"沈向北微微蹙眉，似乎是在思考。

尚禹溪看着他，否定道："沈教授，我们不能凭脾气来给一个人的病下定义。"

栾院长也是犹豫着说："是啊。沈教授，这样不符合我们的诊断规范啊。"

沈向北点点头，然后说道："是的，这的确不符合诊病的标准，但我的直觉告诉我，是这样的。"

尚禹溪想了想，似乎明白了什么，她突然点点头："是啊。一个年轻的女孩，竟然会得如此严重的脑梗塞，这件事情的确不简单。最好的解释，应该就是先天的。"

栾院长没有说话，似乎是在沉思。

尚禹溪突然问道："可是您是怎么知道这个孩子的脾气不好呢？"

沈向北缓缓地说："我刚刚看过女孩的手指，布满了大小不一的伤口，而对这些伤口最直观的解释，应该就是，这个孩子曾经自残过。"

正在这个时候，护士带着门诊的报告单和核磁的胶片走了进来，递给了栾院长。

栾院长戴上他的眼镜，认真地看着，突然点点头："是的。这些伤口确实都是旧伤口！"

尚禹溪看着沈向北，有些难以置信。

Chapter 4
沈向北意外烫伤住院

"现在这个情况，你们准备怎么办？"栾院长突然话锋一转。

沈向北平静地坐在那里，抬起头看着尚禹溪："这个，还需要珊妮医生的意见。"

尚禹溪看了沈向北一眼，然后认真地说："这件事情，我觉得还是应该慢治。如果现在强行给这个女孩手术的话，很可能对女孩日后生活造成极大的影响。"

沈向北顿了一顿平静地说："我不同意珊妮医生的想法，我觉得，这个女孩恰恰需要马上手术。"

栾院长微微眯起了眼睛，然后看着沈向北问道："哦？你说说。"

"我们都明白这种疾病对于人体的影响，而这个女孩很可能是一个先天患者，所以，这个梗塞所压迫的位置应该是许久之前的病灶，只不过最近什么东西激活了她的病灶，如果长久这样下去，很可能会对女孩的生命造成威胁。"沈向北平静地说道。

"也有道理。可你们现在意见出现了分歧。你们还是商量一下，然后再做决定吧。这个女孩的事情，就交给你们了。"栾院长看着尚禹溪和沈向北，非常信任地说道。

"好。"沈向北微微点了点头。

尚禹溪也随即点点头。

栾院长笑了笑，就起身走出了办公室。

他们又一次这样面对而立，尚禹溪有些尴尬，还没等尚禹溪说话，沈向北就在办公室其中的一个柜子中找到了一本文献，上面记载了一年前曾有一例和女孩病症比较相似的患者，但不幸的是，所谓的保守治疗，并没有起太大作用，女孩在半年后还是去世了。

尚禹溪看着那个病历，然后用力地摇摇头："这不应该啊。保守治疗的话，应该会有效果的。"

沈向北平静地合上病历，然后镇定地坐回了椅子上："保守治疗的见效时间在一年以上，而你永远也无法预测，这个患者到底还有多久的寿命。很多梗塞并不在我们能看到的部分，那些才是最大的危机。"

尚禹溪微微皱了一下眉头，发现他的语气似乎有些不对劲儿，于是，开口问道："这个病人，是谁来医治的呢？"

沈向北面无表情地说："是我。"

他曾经和尚禹溪有着同样的想法，觉得对于年轻的患者来说，手术治疗实在是有些残忍，所以，如果病人的病情不是特别严重，他都会选择保守治疗。可这件事，彻底将他的全部信心打垮了。保守治疗带来的危险远比他想象的大，因此，他消极了好一阵子。

尚禹溪回忆到，一年前，她的确有一段时间没有听到沈向北的消息，她也消极了好长时间，她甚至以为，沈向北已经结婚了，或者继承了他们家族的医院或者公司。

许久后，尚禹溪看到报纸上沈向北和郑欣儿解除婚约的消息。

她不仅没有半点儿开心，反而满是失落。

似乎，她和沈向北，是注定会错过的两个人。

沈向北看了看尚禹溪，然后说道："我觉得，还是手术治疗吧。见效会快一些。现在这孩子已经陷入昏迷了，慢治不会对她有过多的改善。"

以前尚禹溪总是喜欢去反驳他的想法，可这一次，尚禹溪竟然无言以对。

"可是，手术治疗的话，胜算大吗？"尚禹溪缓缓地问道。

"不大。这件事情，还是应该征求她母亲的意见。做不做手术，都取决于她。"沈向北犹豫着说。

可当他们去向女孩母亲询问的时候，她母亲断然拒绝了。

"为什么呀？这是你女儿康复的唯一方法了！"尚禹溪看着她说。

"我知道，可是，我已经没有钱给她治病了。"她眼里噙满了泪水，看得出一个中年女人生活的艰辛。

尚禹溪刚要说话，就被沈向北接了过去："这样吧。您女儿的全部医药费，都由我来承担，您只要选择，是保守治疗，还是手术治疗就可以了。"

女孩的母亲泪流满面："哪怕只有一丝希望也得试试啊！那就手术治疗吧！"

尚禹溪点点头，转头看向了沈向北。

那一年，他也是这样帮助自己的，就像是一个天使，守候着每一个人。

也许，这就是沈向北吸引她的地方吧。

女孩的手术就这样定在了第二天一早，为了争取时间，沈向北提前一天准备手术的器具，而尚禹溪则去照顾沈向北全部的病人。

沈向北在这个科室的人缘很好，许多患者看到沈向北没有出现，而是换了一张面孔，都有些诧异。

尚禹溪没有说什么，在查房后，就回到了邱总的病房。

此时，小雨被邱泽凯带了出去，说是去买零食，尚禹溪站在邱总的病房前，思考着第二天手术的事情。

"我听小凯说了。"邱总突然开口，对尚禹溪说道："想不到珊妮医生这么早就结婚了啊！"

尚禹溪笑了笑，然后在邱总的病床边坐了下来。

"你和小凯的性格啊，还真有一点儿像呢。他从小就很要强，凡事都不肯服输。你要是我孙媳妇，那该有多好。"邱总看着尚禹溪，一脸可惜地说。

"是啊！邱泽凯还真是懂事呢！"尚禹溪笑了笑，说道。

"你这个孩子啊，心地善良，想必一定嫁了个好男人吧？就是沈教授吗？"邱总的话说得有些吃力，尚禹溪明白，这是压迫的结果。

"不是。"尚禹溪摇摇头。

"不是？那谁家的孩子有这么大的福气呢？"邱总问道。

"这件事情是这样的。"尚禹溪犹豫了一下，还是坦白了，"当时在国外，无亲无故的，因为想要拿到绿卡，所以和一个好朋友登记结婚了。他是一个美国人，对我很好。"

听了尚禹溪的话，邱总突然叹了口气："唉，想不到珊妮医生也是个可怜的孩子。"

尚禹溪赶紧摇摇头："我不可怜，比起那些患者，我觉得我幸福太多了。"

"你这样的孩子，肯定会有好报的。"

"不过，这件事还希望邱总您能替我保密。"

"肯定会的。我也是个将死的人了，什么事情放在我嘴里，我肯定会给保密个严严实实！"邱总叹了口气说道。

"您别这样说，用不了多久，您就会康复的！"尚禹溪安慰道。

"说到这儿，我还想要珊妮医生帮我个忙。"

"您说就可以了，不用这么客气的。"

"这件事情，您得保证谁都不能告诉，如果被别人知道了，后果就不堪设想了。"邱总缓缓地说。

"您说吧。就当我和您交换的。我的秘密也需要邱总您帮我保密呢。"尚禹溪笑了笑，说道。

"是这样的。我那个大儿媳，真的是作恶多端，我不能留她在家里了，要是再这样下去的话，她一定会设法害死我们邱家的所有人。"

"我知道。可是，您有什么办法来对付她吗？"尚禹溪若有所思地问。

"是这样的，我有个还算周全的办法，不知道珊妮小姐愿不愿意帮我。"邱总叹了口气，继续说："我明天会让她把药带过来，然后就要靠珊妮医生你了。"

尚禹溪明白了他的意思。

她本不想参与邱家的这些家事，可既然邱总已经这样说了，她出于治病救人的职业道德，也只好帮忙。

"珊妮医生，不好了！沈教授的两个病人打起来了！"突然，米娜跑到尚禹溪身边说道。

"什么？打起来了？怎么回事？"尚禹溪面色凝重了不少。

"是因为今天下午沈教授没有去查房，所以其中一个患者说沈教授被换到了别的病房，不照顾他们那个病房了，另一个患者生气，就打起来了……"米娜一脸无奈地说。

"走！我们过去看看！"尚禹溪虽然是个带班医生，但终究也要负责到底。

到病房的时候，其中一个人正骑在另一个人身上，猛砸那个人的身体。

尚禹溪赶紧走过去拉起了她："女士，请您平复一下，如果再这样暴躁，我们就只能给您使用安定了。"

那个女人看着尚禹溪，然后狠狠地白了她一眼："你要觉得你行，就来啊！"

尚禹溪尴尬地笑了笑："麻烦您安静一点儿吧，别的患者已经休息了，这样下去，会影响到别人的。"

被按在下面的女人也起身怒吼着："就是！我要报警！快把这个疯子抓起来！"

尚禹溪一脸无奈地看着她说道："女士，希望您也能安静一点儿，这里是医院，如果你们想打架，我们必须制止！"

其中一个女人立刻跳起来，对尚禹溪说："我们在这里打架和你有什么关系！你快去叫沈教授来！"

"就是，叫沈教授过来！我们不想听你说！"说着，这两个人已经把愤怒都转移到了尚禹溪的身上。

尚禹溪顿时成了两人的发泄对象。

还没等她反应过来，其中一个女人已经拿着一个水壶朝着尚禹溪砸过来。

眼看水壶就要砸到身边的米娜，尚禹溪赶紧挡在了米娜前面，可是，闭着眼过了许久她都没有感觉到热水溅在身上的疼痛感。

这时，身边是一阵阵的感叹声，尚禹溪缓缓睁开眼睛，被面前的情景惊呆了……

沈向北正挡在尚禹溪面前，全身上下都被水淋湿了，身上冒着热气，水从他的衣服上面滴下来，可是他的表情却异常地坚定。

他裸露的脖子也因为被溅了热水而通红一片，尚禹溪真是吓坏了，赶紧走到他面前伸手去解他大褂的扣子。每每碰一下，他都觉得灼热的痛楚。

沈向北突然一把推开她，看着她的手指："没事吧？"

尚禹溪冰冷的心似乎在一点点地瓦解。

她极力忍住眼泪，然后对着他摇头："你怎么样？烫不烫？"

沈向北笑了笑："不烫。"

他的脖子，此时已经被烫出了一片晶莹剔透的水泡，尚禹溪赶紧帮他解开扣子，想不到的是，沈向北贴身穿着的那件白衬衫，已经印出了斑斑的血迹。此时，周围安静的似乎只有他们的呼吸声。

尚禹溪轻轻解开他衬衫的扣子，他突然"嘶"了一声，因为突然的烫伤，此时衣服已经和他的皮肤粘在了一块儿，尚禹溪眼泪簌簌掉下来，然后看着他，一字一顿地问："痛不痛？"

沈向北摇摇头："不痛。"

尚禹溪极力忍住了眼泪，抿了下唇说道："你在骗我，你现在一定很痛。"

沈向北突然笑了笑："我猜的是对的，你是在乎我的。"

在乎？

尚禹溪一直都很在乎他，不管他做了什么事情，她都在乎他。

看着沈向北的笑脸，尚禹溪没有说话，而是镇定了下来，对身边的米娜认真地说："送沈教授去烧伤科。"

沈向北笑着的脸突然就僵住了。

在大家诧异的目光中，尚禹溪走出了病房，她能感觉到沈向北在她身后紧紧跟随的脚步，却始终没有回头。

直到，她关上了值班室的门，悬着的心才终于落了下来。

沈向北被患者烫伤的消息，很快就传遍了医院，而大家更加在意的是沈向北的那句"你是在乎我的"。

珊妮医生，这个人名也瞬间在医院里传得沸沸扬扬。所有人都知道了，尚禹溪曾经是沈向北最重要的人，而现在，她从国外镀金回来，却抛弃了沈向北。

而尚禹溪最在意的事，莫过于不久后沈向北的妈妈就会出现……

因为沈教授在手术前受了伤，所以，医院指派了西蒙医生作为尚禹溪的助手，一起来完成这次手术。尚禹溪一个人坐在值班室，心情久久没有办法平静。

她似乎能看到沈向北那双绝望的眸子，甚至能看到他千疮百孔的心。

她又何尝不是呢？

突然，米娜开门走了进来，尚禹溪赶紧问道："沈教授怎么样了？他的伤严不严重啊？"

米娜赶紧安慰尚禹溪道："珊妮医生您放心吧！沈教授没事的，只是，手术恐怕要您一个人完成了。"

尚禹溪点点头，然后继续问道："他在哪里？"

"刚刚我们把沈教授送去了烧伤科，现在他在烧伤科的特护病房。"米娜想了想说道。

"特护病房？他是不是伤得很严重啊？"尚禹溪焦虑地问道。

米娜愣了一下，看着尚禹溪说道："珊妮医生，能看得出沈教授真的很喜欢您，要不然，他也不会这样去帮您挡水。"

尚禹溪没有说话，而是低头看着地面。

"您刚刚也救了我，我特别感谢您，可是，沈教授现在真的很失落，您可不可以去看看他？"米娜认真地问道。

"我不能去的，我们之间是不能再有任何瓜葛的，你也知道，我结婚了。"尚禹溪很犹豫，但还是找到了一个拒绝的理由。

"刚刚沈教授真的很可怜，他一直跟在您的身后走到这里，眼睁睁看着您关上了门，然后呆呆看着这扇门很久。"米娜还是想要努力一次。

尚禹溪还是摇摇头："不。你不懂的。如果我们之间再有联系，我只会害了他。"

米娜没有说话，而是拉开了身边的椅子，缓缓地坐了下来。

尚禹溪呆呆地看着窗外，似乎潮起潮落，她又一次回到了原地。

在刚刚得知沈向北与郑欣儿订婚的消息时，她也曾问过几乎同样的问题："你是在乎我的？"

在不在乎，真的不是一句两句可以说清的。

在 ×× 医院的时候，尚禹溪是见过郑欣儿的。一次，沈向北出国参加竞赛了，尚禹溪一手抱着一叠病历走出来，就听到了大家唏嘘的声音："快看啊！那是沈家世交的女儿，听说曾经是艺术学院的校花！"

尚禹溪也抬头看了一眼，不远处，被人围得水泄不通的那个地方，一个高个子女生正微笑地看着尚禹溪。

她长得很美，皮肤白皙得好像能透出光泽。

尚禹溪正要离开，就听到她大声地朝着自己喊道："尚禹溪医生？我能和你聊聊吗？"

也正是这次的谈话，尚禹溪的全部自卑都涌现了出来。

她低着头走到郑欣儿的面前，问道："有什么事吗？"

"就是想和你聊聊。走吧。"郑欣儿优雅地对着身边的人——微笑，然后走到尚禹溪身边，挽起了她的胳膊。

她就好像一个可悲的灰姑娘，遇到了比自己强百倍的白雪公主。

郑欣儿带着她，在一天之内看到了几乎是从底层到高层的世界，她只觉得，每做一件事情，都是在她的心里鞭笞出一条丑陋的疤痕。

郑欣儿的代步车是一辆价值不菲的宾利，这或许只是她代步车中的一辆，但却让尚禹溪觉得她们有着十万八千里的距离。

"抱歉，来得匆忙，还没有做自我介绍，我的名字叫郑欣儿，是学音乐的。"郑欣儿朝尚禹溪伸出手，指甲上精细雕琢的小心思就已经让尚禹溪没有办法伸出手。

她的手上积累的许多伤疤，有些是做兼职时留下的，有些是帮母亲干活儿弄伤的，每一个伤疤都显得那么平凡，而且沧桑。

"我叫尚禹溪。"她只是简单地说了五个字。

"想不想吃冰淇淋？这边有家哈根达斯。"在尚禹溪伸出手的瞬间，郑欣儿将手指向了窗外的某一个方向。

尚禹溪尴尬地收回手，然后逞强般地说道："我请你。"

郑欣儿愣了一下，然后微微眯起眼睛笑着说："好。"

她从来不知道，原来一个和鱼丸大小差不多的冰淇淋，竟然会卖那么贵。

郑欣儿笑了笑："我要三个球，然后要一个冰淇淋蛋糕。至于口味，小溪，你帮我选吧！"

尚禹溪看着眼花缭乱的颜色和那个已经高到她连看都不敢看的价位，只能小声地说："我要一个球，蛋糕最便宜的是哪款？"

蛋糕上来后，郑欣儿则是不屑地瞥了一眼："怎么是这款？这款是我最不喜欢的！"

尚禹溪耸耸肩，没说话。

"这个地方，向北以前总是带我来，每次都是他帮我选蛋糕。看来，你们的口味不太一样啊。"郑欣儿撇撇嘴，然后将头转到了一边，突然惊喜地说："小溪，有新口味了，我要一份！"

尚禹溪想起自己口袋里刚刚被店员找回的两个闪着光的硬币，只觉得脸上火辣辣的。

郑欣儿的每一句话都在刺激着她最脆弱的心理防线，每一个动作都像是在将她千万遍凌迟！

"小溪，你怎么还不去啊？我想吃这个！"郑欣儿侧目看着尚禹溪。

"太多了，我们吃不完吧？"尚禹溪最终还是从牙缝里挤出了几个字。

"为什么一定要吃完啊？开心不就好了吗？"郑欣儿抬起头，眨着眼睛看着尚禹溪说道。

尚禹溪抿了抿嘴唇，然后走到了那个店员的面前，小声地说："我没有钱了，可不可以先押点东西在这里，等我拿了钱再回来取？"

店员毅然决然地拒绝了："不好意思，我们店里没有这样的规矩。"

尚禹溪正愁眉苦脸的时候，突然一只捏着一叠钱的手伸了过来，拍在了她面前，郑欣儿带着嘲讽的语气对她笑笑："不用找了！"

尚禹溪尴尬地看着郑欣儿，不知道该说什么，也不知道怎么才能甩掉自己在她眼里寒酸的包袱。

"你没钱怎么不早点儿说呢？向北没给你钱啊？"郑欣儿笑了笑，故意提高了音调，对尚禹溪说道。

周围的目光几乎在这一刻全都聚集在了尚禹溪的身上，她在意的是那句"向北没给你钱啊"，瞬间将她推入了一个寒酸腐朽的池子里。

那天的蛋糕剩下了大半，郑欣儿点的那些新款的冰激凌，最终也都融化在了精致的碗里。

尚禹溪花光的，是她半个月的生活费，也是她最后的一丝勇气。

回到家的尚禹溪，看着口袋里面两个孤零零的硬币，突然觉得自己做了一件世界上最可笑的事情。第二天，她一整天都没有吃饭。

第三天，沈向北如同天使般降临在了自己的面前，抱着她问："你怎么瘦了？"

尚禹溪没说话，直到沈向北听到了她肚子里面传出一声不轻不重的叫声。

沈向北宠溺地看着她："怎么？没吃饭？"

尚禹溪还是没有说话。

几分钟后，沈向北拿着一份刚刚从快餐店打包好的炸鸡饭递给了尚禹溪。

尚禹溪在这一瞬间终于爆发了！

她将沈向北递过来的饭用力地摔在了地上，然后死死地盯着他："我不需要你的怜悯！"

沈向北朝她无辜地眨着眼睛，声音还是暖暖的："怎么了？今天不开心吗？"

尚禹溪看着他，一字一句地问："你告诉我，你和我在一起，是可怜我，还是喜欢我？"

沈向北突然捧起她的脸，然后用力地朝着她的唇吻了下去。

她呆呆地看着面前的人，泪水模糊了双眼。

她最终也没有告诉沈向北，那天到底发生了什么，只是，她更加坚强地去面对一切，努力让自己成为一个成功的人。

想到这里，尚禹溪心里泛起了一阵阵的担心，她不能再这样留在这里了，如果再这样下去，很可能，她会没有勇气离开。

去沈向北病房的时候，沈向北已经睡着了，他长长的睫毛不时地抖动着，让尚禹溪忍不住在他身边坐了下来。

他身上裹了一层纱布，肩膀的地方也被几片纱布紧紧地盖着，虽然伤势并不严重，可那种灼伤的痛楚，终究还是让人难以忍受的。

尚禹溪看着沈向北身边的一片安定就知道，他能睡着，真的非常不容易。

她看着沈向北，眼泪止不住地掉下来。

"为什么要救我？为什么你每次都是这样？"

他均匀的呼吸声，似乎证明了他已经完全陷入了沉睡，这个时候，沈向北的手机屏幕突然亮了起来，他用作手机桌面的照片上的人并不是自己，而是一个似曾相识的身影。

尚禹溪一时想不起来。

可她知道，在这四年里，他似乎也经历了不少的事情。

尚禹溪跌跌撞撞地起身走了出去，这个世界上，可怕的，也许不是失去，而是曾经拥有。

因为第二天有手术，尚禹溪早早地带着小雨出了门，刚出门，就看到邱泽凯站在门口，一脸笑意："珊妮医生，虽然你已经结婚了，但我觉得我还是不能放弃的，人生在于锲而不舍嘛！"

尚禹溪说道："我看你还是不要锲而不舍了，好好照顾你的爷爷吧！"然后无奈地绕过了他。

邱泽凯赶紧跑过来："这次的早餐你一定喜欢！我带你去吃！"

尚禹溪摇摇头："我不吃早餐的，如果你这么有兴趣，带小雨去吧。"

说着，尚禹溪就将小雨递给了邱泽凯，他仍是一脸笑意："也好。也好。"

这次的手术关乎自己和沈向北的判断，所以，她是绝对不能失败的。

尚禹溪整理了一下资料，就转身走向了手术室。对于这个女孩的手术，尚禹溪一直认为应该是切除颈动脉内膜，然而在看最后的一张胶片时，尚禹溪却有些诡异，因为导致女孩昏迷的病灶，似乎并不是梗塞。

这是尚禹溪第一次在准备不充足的情况下走进了手术室，当年母亲的事情，一遍遍在脑子里播放，好像一个警钟。

那个时候，不知谁将自己母亲过去的事情透露给了自己工作的医院，大家开始对尚禹溪进行人身攻击。

他们觉得，一个过失导致病人去世的人，就算是她的孩子也不能再走进医院。

尚禹溪觉得委屈，这个时候，只有沈向北站在她的身后，默默地支持着她："不要怕，你可以的！你是这里最优秀的医生。"

最优秀的医生？尚禹溪站在手术室里，此时脑子里回荡最多的就是沈向北的这句话。

真的是最优秀的医生吗？

尚禹溪朝门口看了一眼，发现沈向北披着一件外套，站在消毒室外，目光坚定地看着她。

如果是沈向北站在这里，他会怎么办？

他一定会冷静下来，仔细去寻找这个病人的病灶。

尚禹溪拿起了手里的胶片，突然明白了什么。

"我们要进行同侧去骨瓣减压、颞肌贴敷术。"尚禹溪肯定地说。

"什么？珊妮医生，可是病人的病灶和那个没有关系啊。"手术室里的一个医生表情紧张地说道。

"这才是真正的病灶！大家听我的吧。"说完尚禹溪没有等大家回答，就转身朝着手术台走去。

她似乎第一次这么坚定地对所有人发表自己的看法。

沈向北看着里面的尚禹溪，似乎也紧张了起来。

尚禹溪在决定了手术的方向后，几个医生都觉得不可理喻，甚至有人指着尚禹溪说道："你当你是这个孩子的家人吗？你不能用你的实验来毁了一个人的生命啊！"

尚禹溪摇摇头："我没有。但我还是坚持这么做。"

"你这样实在是太不尊重我们的意见了！"其中一个医生干脆将自己的工作服脱下来，摔在了尚禹溪面前。

接着，又有几个医生走了出去，最后，她看着为数不多的几个人，平静地问："还有人想要离开吗？"

没有人说话。

沈向北一直目不转睛地看着尚禹溪，她淡定的样子已经完全没有了当年的影子。

尚禹溪朝剩下的人笑了笑："那我们开始吧！"

手术的时间持续了很长，期间，两位院长得知了这件事，也匆匆忙忙地赶了过来。

他们也认为，似乎尚禹溪固执得有些过头了。

还有些医生聚过来看热闹，似乎这将是医院里最重大的一个新闻。

三个小时后，尚禹溪缝合了最后一针，然后缓缓地走了出来。

其余的医生和护士都在做最后的清理工作，只有尚禹溪走了出来。她推开门的一瞬间，表情有那么一丝凝重。

谁都不知道，手术到底是成功了，还是失败了。

齐院长走到尚禹溪的面前，大声地问道："珊妮医生，听说你在手术前，没有和你的助手进行有效的交流，看你的样子，手术该不会……"

尚禹溪抬头看了他一眼，没有说话。

大家就更加确定尚禹溪做的这个手术失败了。

之前摔衣服走出门的那个医生一脸不屑的表情："我就说这样的手术方法肯定是要出问题的！"

其他的几个医生也都随声附和起来："真是刚从国外大医院回来的年轻医生啊！连最基本的责任感都没有！"

沈向北一直看着尚禹溪，表情却异常坚定。

尚禹溪看了他一眼，就转身朝消毒室外的洗手池走去。

身边的几个医生走到她的面前，不停地在她的耳边指责她。

还有一个医生跑到了患者母亲那里，向她讲起了尚禹溪一意孤行的经过，力图拉拢她，一起向尚禹溪讨问说法。

这个时候，栾院长突然开口说道："这里有你们什么事？别在这里揣测了！都回去上班吧！"

一个检查室的中年女医生朝尚禹溪白了一眼，说道："那可不行，如果她这件事情给医院带来了严重的后果，我们可受不了。我必须在这里听到结果！"

尚禹溪还是没有作声。这个时候，患者的母亲开口说道："我女儿的命是珊妮医生给的，无论结果如何，我都相信珊妮医生是为了我的女儿好。"

听到了这句话，尚禹溪突然停住了手里的动作，背脊也微微震了一下。

她擦干手，然后缓慢地转头看着那个患者的母亲，笑了笑："你放心好了，麻药过后她就会醒过来，我向你保证，我一定会还给你一个健康的孩子！"

听到这话，身边的人都惊呆了，只有沈向北勾起了嘴角，朝她微笑。

果然，过了几分钟，从手术室走出来一个年轻的护士，一脸激动地说："孩子醒了！看样子，珊妮医生的判断是正确的，是因为女孩的骨瓣先天畸形，所以才导致了颅内压不稳定。"

齐院长顿时松了一口气，回头朝着栾院长比出了大拇指："恭喜您，您真是找了个得力助手！"

栾院长也笑了笑，没有说话。

那几个刚刚还在找尚禹溪麻烦的医生，此时也红着脸转身离开了。女孩的母亲激动地拥抱着尚禹溪。

这成了利兹数十年来做得最为成功的一次手术。

尚禹溪朝沈向北的方向看过去，却发现他已经转身离开了。

回到五楼的值班室时，邱泽凯正抱着小雨坐在那里等她。

"恭喜你啊！珊妮医生，听说你刚刚做了一件改变世界的事情？"邱泽凯看着尚禹溪激动地说。

"别这么说，我可没有拯救世界的能力。"尚禹溪赶紧摆摆手。

"既然手术如此成功，那不如晚上我们庆祝一下？"邱泽凯朝尚禹溪眨了眨眼睛，说道。

"还是不了，我最近挺忙的。"尚禹溪笑了笑，拒绝了他。

"你可真是不给我面子啊！我什么时候沦落得这么卑微了？"邱泽凯看着尚禹溪，嘟起嘴抱怨："以前，可是妹子主动约我，我都不见得会有时间的，怎么现在到你这里完全反过来了呢？"

尚禹溪没理他，而是径自从他的手里接过了小雨："想我了吗？"

小雨点点头："想！"

小孩子的世界，或许就是这么简单，前几天，小雨还在朝她要妈妈，而此时，她却成了她最依赖的人。

尚禹溪看着小雨，总是会羡慕，如果自己能像这个小孩子一样就好了，只要不去想，就会忘记这个世界上还有沈向北这个人。

"等你下班我来接你！"邱泽凯笑了笑，然后就从她的怀里接过小雨，抱了出去。

他没有等她的回答，是因为他知道，尚禹溪是一定会拒绝自己的。

下午的时候，尚禹溪带着一个本子去病房巡诊，因为沈向北受伤成了病人，尚禹溪的工作量明显增多了。

虽然她非常希望能尽快再到国外，却也只能做好眼前的工作再说。

Chapter 5
一场危机四伏的家庭纠纷

在三楼巡诊的时候，尚禹溪突然看到邱夫人风风火火地朝着大楼的方向走过来，赶紧起身，快速朝五楼走去。

邱夫人这个时间来，该不会是给邱总送药的吧？

果然不出她所料，刚上了楼，就看到邱夫人走进来，然后笑嘻嘻地将药瓶递给了邱总："爸，您要的药在这里。"

邱总扫了一眼，然后说道："给我。"

邱夫人赶紧说道："爸，您快吃一粒吧，吃完之后，我帮您收起来。"

这个时候，一边的邱泽凯突然走到邱夫人面前，说道："爷爷现在还不想吃药，不过，我怎么觉得这个药瓶怪怪的？"

邱夫人睁大了眼睛问道："哪里怪了？这不就是你爷爷那瓶补钙的药吗？"

邱泽凯突然冰冷而且可怕地笑了笑："你告诉我，你到底在这个瓶子里放了什么？"

邱夫人一脸茫然地摇头："什么？什么叫作放了什么啊？这里面是药啊！你傻了吧？"

邱泽凯转手将药瓶递给了尚禹溪，然后大声地说："那就请珊妮医生帮忙鉴定一下吧！"

尚禹溪缓缓地接过了那瓶药，然后拧开了瓶盖。

让尚禹溪没有想到的是，这瓶药竟然是满瓶的。

更重要的是，里面一丝粉末都没有。

尚禹溪拿到药后，突然愣住了，邱泽凯发觉她的表情不对，就迅速走过来，伸手接过了药瓶："怎么了？"

"这个药，是没问题的。"尚禹溪看着药瓶，最终还是缓缓地吐出一句话来。

"不可能！什么叫作没问题？"邱泽凯听到尚禹溪的话，赶紧打开药瓶查看。

邱总也支撑着自己坐起来，然后看着尚禹溪问道："珊妮医生，你真的看清楚了吗？"

尚禹溪点点头："是的！但我敢保证，上次的药瓶并不是这个！"

邱总犹豫着点了点头，然后突然仰起头看着邱夫人问："你说说吧！为什么我的药突然换成了整瓶的？"

邱夫人愣了一下，随即又满脸冤屈地说："爸，我回去的时候，就已经换成了新的。所以，我就直接拿了过来，你们说的事情我不明白啊！"

邱总见没有什么证据，就只好点点头："好了，我知道了，你先出去吧！"

"爷爷，不能这么轻易就了结这件事啊！"邱泽凯看着邱总激动地说。

"好！我知道！"邱总正说着，邱夫人就已经捂着脸走了出去。

尚禹溪看着那瓶刚刚旋开盖子的药，突然皱起了眉头："这药，国内是没有的！"

邱总问道："珊妮医生，你说什么？"

"我说这种药，国内是没有卖的，也就是说，如果想换一瓶新的，就必须从国外带回来。"尚禹溪认真地说。

"从国外带回来？最近我们家里谁出国过？"邱总微微蹙眉看着邱泽凯问道。

"我和姑姑……"邱泽凯看了尚禹溪一眼，然后一脸无辜地说。

"这个药，有没有可能是莫文找其他人带回来的呢？"听到是这两个人，邱总回头向尚禹溪询问。

"应该不会。"尚禹溪摇摇头："这种药，在国外都是要有处方才可以配发的，虽然只是补钙的药，可毕竟对某种体质的人有一定肝部刺激。"尚禹溪认真地分析道。

"那你的姑父最近有没有出过国？"邱总看着邱泽凯，突然问道。

"有，他和姑姑一起去的！"邱泽凯犹豫了一下，说道。

邱总突然眉头紧锁地看着邱泽凯："这瓶药当初还是你带回来给莫文的。小凯啊，这到底是怎么回事？"

邱泽凯看着邱总，觉得自己很冤屈，于是战战兢兢地说："爷爷，这真的不关我的事啊！我可以保证，这药出问题，真的和我无关！"

邱总正要说话，就被尚禹溪打断了："邱总，这件事情，的确和他无关。"

邱泽凯抬起头，诧异地看着尚禹溪。

邱总蹙了下眉头，看着尚禹溪说道："珊妮医生，你怎么这么确定啊？"

邱泽凯突然意识到了什么，然后低头站在一边。

"不好意思，邱少爷，我看我不能替你保密了。"尚禹溪看着邱泽凯，认真地说："他根本就没有出国。"

邱总睁大了眼睛，然后问道："小凯？你没有出国，那你去哪里了？"

邱泽凯尴尬地看着邱总说："就在这里……"

邱总刚要伸手去打邱泽凯，突然就停住了，然后微笑着对邱泽凯点点头："这样的话，你的嫌疑就完全没有了。"

邱泽凯也是尴尬地笑笑："爷爷，真对不起，骗了您。"

邱总倒是心情大好，像知道了一个天大的好消息一样。

"那现在最有嫌疑的两个人，应该就是你的姑姑和姑父了！"邱总笑着笑着，表情突然凝重了下来。

邱泽凯赶紧摆手："爷爷，这件事肯定和姑姑姑父无关啊！我觉得，一定是那个女人做的！她的嫌疑更大！"

邱总看着邱泽凯，想了想说："是啊。可是我觉得，这件事情似乎真的和莫文没有关系。"

邱泽凯激动地说："爷爷，一定要查清楚，不能凭直觉啊！"

尚禹溪也开口说道："邱总，既然这样的话，那不妨好好查一下吧，不要落下任何人，毕竟这是性命攸关的大事。"

邱总点点头："小凯，你现在去把你的姑姑姑父叫过来，然后我叫人去搜查。切记，一定不要让他们知道这件事。"

邱泽凯点点头："好！"

尚禹溪突然对邱总说道："我先出去了，另外，我先带邱夫人去休息。"

邱总明白了尚禹溪的意思，于是点点头："好！"

尚禹溪是想旁敲侧击一下，看看邱夫人是不是真的有什么奇怪的地方，于是，她快步走出了病房。

"珊妮医生，您可真是会报复人啊！这么快就报复到了我的头上。"邱夫人抹着眼泪说道。

"邱夫人，您不要想太多，我也只是随口说说，我并不是为了陷害您才这么做的。"尚禹溪苦口婆心地说道。

"不是为了陷害我？你当我是三岁的孩子吗？我会不知道你的那点儿歪脑筋？"邱夫人冷冷地白了尚禹溪一眼。

"我是一个医生，我这样做，也是对我的病人负责。"尚禹溪想了想，继续说道："我只想劝您，不要再这么做了。如果你再这样下去，肯定会害人害己！"

像邱夫人这样的人，如果矛盾激发，一定会对尚禹溪承认的。可是，让尚禹溪没有想到的是，邱夫人此时则一脸怒气地摇头："我都说了不是我！我告诉你，你再这样信口雌黄，我就告你诽谤！"

听了她的话，尚禹溪就觉得更加诧异了，如果她的想法没错的话，邱夫人应该不是那个要害邱总的人。

可是，如果不是她，那会是谁呢？

尚禹溪点点头："好，您进去吧，邱总在等您。"

邱夫人朝尚禹溪白了一眼，转身走了进去。

巡房的时候，尚禹溪发现那个刚刚手术过的女孩正靠着窗子一动不动地看着窗外，就走过去问："你在看什么？"

女孩朝尚禹溪笑笑，然后指着对面的一个房间说："那里有个帅哥！"

尚禹溪好奇地看了过去，就在这一瞬间，她才发现，对面那间房住着的人正是沈向北。在她看过去的瞬间，他们四目相对。

这是自从那天手术以后尚禹溪第一次见到沈向北，因为一直不敢去看他，所以，尚禹溪一直躲着那个病房，每次走到附近的时候，就从对面的护士站绕过。

这一次，他们隔着一个遥远的距离凝望着。

"姐姐，他在看你哦！"女孩惊讶地叫着，然后又有了一丝失落："我在这里，他从来都没有看过我。"

尚禹溪朝她笑了笑："这是我们院里的医生，过几天，他的病好了，就会来看你。"

女孩兴奋地问道："是真的吗？真的会来看我？"

尚禹溪还是笑笑："会的！他是你的主治医生。"

女孩赶紧充满憧憬地点点头："我知道了，谢谢姐姐！"

"那你要乖乖睡觉了。刚刚手术，不能一直这样的。"尚禹溪看着女孩说道。

"好的！"女孩乖乖地躺在了床上。

没有了骨瓣的压迫，女孩的精神好了很多。她将女孩的检查做完后，就赶紧走出了病房，也正是走出病房的一瞬间，她看到了站在门口的穿着一身利兹病服的沈向北……

"你在躲着我？"沈向北严肃地说。

尚禹溪摇摇头："沈教授，您想多了，我只是最近比较忙而已。"

沈向北突然苦笑着说："不！你就是在躲着我！"

尚禹溪深吸了一口气，然后将目光移向了别处："沈教授，您找我有什么事吗？”

沈向北犹豫了一下，然后对尚禹溪说道：“我能见一下您丈夫吗？”

尚禹溪镇定地摇了摇头：“不好意思，沈教授，我丈夫在国外，恐怕，您见不到了。”

沈向北笑了笑：“档案室的人帮我查过你的资料，你在留底的那一栏里面写着，你的丈夫目前在国内的一家研究所工作。”

尚禹溪听到这儿，双目怒视沈向北，想不到，他竟然会背着自己，查自己的资料。

“那又怎么样？我丈夫不喜欢见一些陌生人，不好意思，失陪了！”尚禹溪朝沈向北点了下头，就转身要走。

“我只是想要一个放弃的理由，除非，你不想让我放弃！”沈向北突然在尚禹溪身后说道。

尚禹溪愣了一下，说道：“等你痊愈了吧！”

说完，尚禹溪就转过头。正在这转头的一瞬间，她看到了一个足以使她全部自尊崩塌的人。

沈向北声音有些沙哑：“妈，您怎么来了？”

沈向北的妈妈一脸狐疑地看着面前的女孩，几秒钟后，才分辨出她到底是谁……

“你怎么在这里？”她一脸鄙夷地看着尚禹溪问道。

沈向北一步步走到尚禹溪面前，然后看着他的妈妈认真地问："你们认识？"

尚禹溪没有说话，平静地从沈夫人面前走过，留下一个坚定却努力支撑的背影。

沈夫人看着沈向北，然后舒缓地笑了笑："没有，不认识！"

她这样否定的回答，倒是引起了沈向北的诧异，刚刚他妈妈的目光，分明是在看一个许久不见的宿敌。

尚禹溪走到楼梯转角，确定他们看不到自己的时候，才跌跌撞撞跑下楼，回到了值班室。

那年，尚禹溪从医院出来，赚到了论文得来的第一桶金，她刚刚有了一些荣耀感，就被门口站着的那个穿着华丽的女人彻底摧毁了……

沈向北的妈妈看到尚禹溪走出来，就迎了上去："尚小姐是吧？我是沈向北的妈妈！"

她的话里几乎不带有一丝感情，让尚禹溪平静的心里满是波澜。

"阿姨您好。"尚禹溪毕恭毕敬地朝她鞠了一躬。

"上车吧！我要和你谈谈！"沈母朝着身边停着的一辆商务车指了一下，没等尚禹溪说话，就径自上了车。

尚禹溪犹豫了一下，还是走了过去。

车子开了很远，直到停在了一条废弃的公路上面，沈母这才开口说话："下车吧！"

尚禹溪虽然很犹豫，但因为是沈向北的妈妈，她也还是乖乖地下了车。

沈母走到了尚禹溪的面前，面无表情地说道："我希望你能离开我的儿子！"

尚禹溪睁大了眼睛，不敢相信自己的耳朵，于是，侧着耳朵问："您……说什么？"

"我让你离开我的儿子！"这次的语气里，已经完全没有了请求，她用一种盛气凌人的架势，将尚禹溪全部的骄傲逐个击碎，然后狠狠地踩在脚下。

"阿姨……"尚禹溪犹豫着，两行眼泪灼伤了自己的脸颊。

"不要叫我阿姨，我从来不和你这样的人打交道！"沈母白了她一眼，说道："你要多少钱才能离开我儿子？像你这种女孩我见得多了！你母亲就不检点，自然你全身都是一些狐媚功夫！不过你放心，有我在一天，我就不会让我儿子和你这种人在一起！"

尚禹溪惶恐地睁大了眼睛，使劲儿摇着头："不！我母亲只是在酒吧卖酒，不是你说的那种人！"

沈母笑了笑："那又怎么样？你想让外界知道我们沈家的少爷找了个穷酸的乞丐吗？"

尚禹溪怔住了，原来她在所有人的眼里，不过是一个穷酸的乞丐。

"你一次次地跟向北要钱，连乞丐都不如！"沈母白了尚禹溪一眼，说："我劝你，还是死了这条心吧！我们沈家，是不会接受你这种人的！"

"我没有，是我跟向北借的，我会还给他的。"尚禹溪从口袋里掏出那一捧刚刚发下来的稿费，然后递到了沈母的面前："这些是我赚的钱，我还给向北！统统都还给他！"

沈母侧目看了一眼她手上为数不多的几张钱，然后冰冷地笑了笑："尚小姐，你当我是傻子吗？你用向北的钱来演戏，会不会觉得有点儿过了！"

尚禹溪不停地摇头："不不不！这不是向北的钱，这是我自己赚的，是我发表论文的稿费。"

沈母笑了笑，从口袋里拿出整整三叠钞票，递给了尚禹溪："这个给你，离开我儿子去国外，只要你到了国外，我再给你十万！"

尚禹溪看着沈母手里的钱，抿着嘴没有说话。

"你嫌少？那二十万好了！"沈母看着尚禹溪，一脸的鄙夷。

尚禹溪用已经猩红的眸子直直地盯着沈母，说道："你为什么要这么侮辱我……"

沈母笑了笑："侮辱你？你都已经低贱成这个样子了，还用得着我来侮辱吗？"

说着，沈母将手里的钞票塞到了尚禹溪的手里。

尚禹溪只觉得心脏被塞了一块沉重得不能再沉重的石头，每每跳动一次，都有一种要渗出血来的痛……

尚禹溪呆呆地站在那里，眼泪不住地流下来。

沈母冰冷地笑了笑："尚小姐，你以为向北是真的喜欢你吗？他只是心地善良罢了。以前家门前的阿猫阿狗，他都会捡回来好好地照顾。"

尚禹溪痴痴地重复："阿猫阿狗……"

"是啊！我们向北已经有了结婚的对象，是郑家的女儿郑欣儿，想必你也听说过，就不要再纠缠了！"沈母说完转身朝着车子的方向走过去。

尚禹溪将手里的钞票朝着她的车子砸过去："我不要你的钱！我不会和向北分开的！"

沈母笑了笑，关上车门："既然这样，你就在这里自生自灭吧！"

尚禹溪看着沈母，一字一顿地说："向北是喜欢我的，我不会和他分开！"

那辆商务车在尚禹溪的视线里越走越远，逐渐消失，而尚禹溪一个人在这条路上走了足足一晚。这一晚她明白了很多事情，也想清楚了很多事，她不断给自己打气让自己坚强一点。

可是，她的内心却已经动摇了。

三天后，她坐上了去美国的飞机……

就这样，她悄无声息地离开了沈向北。

她没有拿沈家的一分钱。在国外，每次获得的奖学金和论文稿费，她都会匿名打到沈向北的账户里。

"珊妮医生，邱总请您过去。"尚禹溪正发呆，听到身后有一个声音说道。

尚禹溪点点头："好。我这就去。"

到了邱总的病房时，邱家的所有家庭成员都站在邱总的病床前，邱总病床边安安静静地摆着一包白色粉末。

看来，事情有了新的进展。尚禹溪赶紧走过去，看着邱总问："不知道邱总找我来有什么事？"

邱总赶紧点点头："珊妮医生，我找你来是想请你帮我鉴定一下这个。"

尚禹溪看向邱总指着的方向，然后点了点头。

打开袋子的时候，尚禹溪发现，这白色粉末的质地和她在药瓶里发现的一模一样。尚禹溪想了想，说道："如果我没猜错的话，这应该就是三氧化二砷了。"

正在这个时候，她身边的邱夫人突然冲了过来，在尚禹溪的手臂上死死地抓了一下："你这个贱人，一定是他们买通了你，来陷害我的！"

尚禹溪有些奇怪，但是没有说话。

"莫文，你还有什么好说的？不要再狡辩了！"邱总怒视邱夫人，表情非常可怕。

邱夫人挣扎着冲到邱总的床头，却被邱泽凯挡开了，她一脸激动地说："爸爸！这和我无关啊！肯定是别人陷害我的！"

正在这个时候，突然又有人走了进来，将手里的东西递到了邱总的面前："邱总，刚刚在大小姐的房间里面，发现了这个。"

尚禹溪仔细地看了一眼，发现是自己当初见到的那个药瓶。

邱总只觉得很压抑，然后将手里的东西递给了尚禹溪："珊妮医生，帮我看看这个是什么。"

"这就是上次我发现的那个药瓶。"尚禹溪肯定地说。

"你确定吗？"邱总认真地问。

"这药瓶的商标处被刮开了一块，上一次的时候，我就注意到了这个。"尚禹溪如是说。

"不可能的，这肯定和姑姑无关！"邱泽凯激动地对邱总说道。

"事实摆在眼前，我怎么相信你们？"邱总看着一边邱泽凯的姑姑，然后将手里的药瓶摔在了地上："你们这么做，到底是为了什么？难道就为了那点家产，要置我于死地吗？"

尚禹溪觉得自己似乎不方便留在这里，就向邱总点头致意："邱总，如果没有什么事情的话，我先出去了。"

邱总赶紧伸出手："不！珊妮医生，你再等一下。"

尚禹溪只好走到小雨玩玩具的地方，伸手抱起了小雨，然后将她交给了米娜医生带出去。

这种惨烈的场景，小孩子还是不要看到的好。

"爸爸，这件事是我做的，和他们所有人都没有关系。"正在这个时候，身边邱泽凯的姑姑开口说道。

邱泽凯赶紧跑到姑姑面前，质问道："姑姑，你疯了？你为什么要帮她承担这件事呢？"

邱夫人立刻哭号起来："这件事情我真的是冤枉的啊！真的与我无关！"

邱总一脸失望地坐在那里，看着邱泽凯的姑姑说："真的是你？你为什么要这么做？"

"我是为了陷害嫂子！"邱姑姑很淡然地说："我恨她。"

邱夫人赶紧起身，跑到了邱姑姑面前："你这个贱人，想不到你的心这么狠毒啊！"

刚说完，邱姑姑的脸上就留下了一道邱夫人指甲的血痕。

邱泽凯快步走过去，怒视着邱夫人，道："你要是再敢碰我姑姑一下，就不要怪我不客气！"

邱夫人还在不停地鸣冤，而身边的邱泽凯则是满脸怒气地看着邱夫人。

邱姑姑低着头，一言不发，身边的两个男人——邱泽凯的爸爸和姑父，则是一脸诧异地看着面前凌乱的一家人。

邱总突然起身，走到了邱姑姑面前，满脸的伤心："叶儿，你为什么要这么做？我是你的亲爸爸啊！"

邱姑姑眼泪猝不及防地落下，但还是抿着嘴摇了摇头。

邱总愤怒地朝着邱姑姑甩去了一个耳光，也正是这个时候，尚禹溪挡在了邱姑姑的面前。

"珊妮医生，你这是……"邱总看到面前的尚禹溪，完全愣住了。

"我觉得这件事情不是这样的。您先听我说！"尚禹溪赶紧将邱总扶到了病床上。

"事情是怎么样的？到底怎么回事？"邱总满脸的泪痕，看着面前的家人，失望极了。

"我觉得，邱夫人和邱姑姑，都不是伤害您的凶手。"尚禹溪想了想说道。

"什么？她们不是？那叶儿为什么要承认呢？"邱总看着尚禹溪一脸的惊讶。

"如果我没有猜错的话，应该是有人想要陷害邱夫人，却被叶儿姑姑发现了。叶儿姑姑为了保护这个人，才出此下策！"尚禹溪继续分析。

"不！是我！我没有要保护谁，是我做的！"听到这儿，叶儿姑姑赶紧走到了尚禹溪面前争辩道。

尚禹溪想了想，然后说道："我旁敲侧击地问过邱夫人，如果真的是她做的，她会承认的。可是恰恰相反，她没有承认。"

"珊妮医生，你怎么知道莫文如果承认就是凶手呢？这不是你自己判断的吧？"邱总看着尚禹溪认真地问。

"这确实是我自己判断的。从我来这里的第一天起，邱夫人就不待见我，很明显，她看不起我这种医生。当然，我也总是会得罪她。所以，她恨我！"尚禹溪认真地说。

邱夫人听到这儿，倒是好奇地抬起头，看着尚禹溪，她真没想到，尚禹溪竟然会替自己说话。

"如果是别人问她这件事是不是她做的，以她的性格，如果真的是她做的，她是一定不会承认的！可如果是我问的话，她一定会承认！"

"是啊！莫文的性格确实是这样的！"说到这儿，邱总叹了口气，说道。

邱夫人有些不好意思，将头转到了一边。

"如果不是邱夫人做的，那很明显是有人在故意栽赃给她！"尚禹溪肯定地说："这个药是邱夫人给邱总的，那很明显，用这个药来栽赃最合适不过了，姑姑发现邱夫人被陷害，才会拿走这个药瓶，然后趁着邱总生病，去国外买了一瓶一模一样的药回来。但她却没有想到，这个栽赃的人，并不是用药瓶来栽赃的，而是这袋东西！"

尚禹溪指了指床边的那袋子白色粉末："姑姑之所以会揽下所有的事情，是因为她既不想让邱夫人受到诬陷，又不想这个害人的人受到伤害！"

听到尚禹溪的话，整个病房的人都沉默了。

邱姑姑捂着脸哭了出来。邱夫人有些动容，走到了邱姑姑的面前，说道："叶儿，嫂子对不起你！"

邱姑姑没说话，还是捂着脸。

邱总赶紧问道："叶儿，你要保护的那个人，到底是谁？"

邱泽凯赶紧走到尚禹溪面前，想要否定，却讲不出什么。正在这个时候，邱姑姑身边的姑父突然站了出来，对着邱总说道："是我！是我做的！和任何人都没有关系！"

邱姑姑惊讶地抬头看着邱姑父，说道："正海，不！"

邱姑父笑了笑："我怎么能让你来替我承担呢？叶儿，委屈你了！"

邱姑姑摇摇头，没有说话。

这个时候，邱姑父才开口："我恨大嫂当初伤害了我们的孩子，所以我才会这么做！"

尚禹溪虽然觉得这件事还是有些蹊跷，但确实没有证据证明，邱姑父不是那个害人的人，所以就站在了一边没再说话。

"好啊！你这个吃里扒外的东西，我对你那么好，你竟然要害我！你们把他给我带到韩警官那里！"邱总起身朝着身边的人命令道。

看到这个事情就要这么草草解决，尚禹溪还想说什么，却被邱姑姑拉住了。

眼睁睁地看着邱姑父被带走，邱姑姑满脸泪痕，但还是极力撑着自己。

这个时候，邱总才开口说道："如果我们家里，再有人这么做，我就把我所有的财产都捐出去！"

说完，他就转头对尚禹溪说道："珊妮医生，这次还是多谢你了，要不是你，我就害了自己的女儿。"

尚禹溪赶紧摇摇头："不用客气。"

说完，尚禹溪走出了门，这病房里的一切家族问题，好像都离她远去了，只是，姑父的离开还是让尚禹溪觉得心里有些不舒服。

尚禹溪若有所思地回到值班室，就看见了站在门口的雍容华贵的沈母。

她愣了一下，还是走了过去。

沈母朝尚禹溪伸出了手："尚小姐，好久不见啊！"

尚禹溪扬起嘴角冰冷地笑了笑，然后说道："沈夫人！"

"客气了！我来找你，我想你已经猜到原因了，尚小姐是一个聪明人，不用我多说什么吧？"沈母气势凌人地看着尚禹溪说道。

"我不太清楚。"尚禹溪冰冷地说。

"我的儿子因为你，和郑家小姐解除婚约的这件事，你该不会没有听说吧？"沈母看着尚禹溪冷笑着说。

"沈夫人您言重了，这是您家的事，何必怪罪到我这个外人的身上呢？"尚禹溪笑了笑，看上去没有一丝胆怯。

"看来，尚小姐的锐气还在啊！"沈母笑了笑："我的要求很简单，请你离开我儿子的视线！马上！"

尚禹溪看着沈母笑了笑："不好意思，沈夫人，我来这里并不是为了找您儿子的，我是作为外聘医生来给邱总看病的，如果您想让我回去，麻烦您联系我在国外的那家医院，请他们将我调配回去。"

沈母睁大了眼睛看着尚禹溪："你以为我没有这个能力吗？"

尚禹溪点点头："有！您当然有！如果您成功了，我还是要感谢您的。"

沈母有些疑惑："感谢什么？"

尚禹溪笑了笑："终于可以离开这个恶魔横行的地方了。"

"你说我是恶魔？"沈母睁大了眼睛，难以置信地问。

"我可没这么说。您不要对号入座了。"尚禹溪笑了笑，转身开门。

沈母看着尚禹溪，从口袋里拿出了一张卡，递给了她："这个是给你的补偿。"

尚禹溪瞥了一眼："补偿？还是您自己留着吧！"

说完，尚禹溪就打开了门，正巧小雨从里面跑出来，奔跑着扑进了尚禹溪的怀里。

"小雨，想不想吃冰淇淋？我带你去吃？"尚禹溪抱起小雨问道。

小雨稚嫩地回答："想！"

尚禹溪抱着小雨头也不回地走了。

沈母呆呆地看着她们的背影，然后探头问里面的西蒙医生："那个孩子是谁？"

西蒙医生耸耸肩："珊妮医生的女儿。"

沈母惊呆了一般，问道："那个孩子多大了？"

"差不多四岁了。"西蒙医生笑了笑，然后走了出去。

沈母看着尚禹溪离开的方向，若有所思地站在原地。

不远处，从邱总病房走出的邱泽凯把这一切都看进了眼里。后一秒，他扬起了嘴角。

尚禹溪带着小雨走出医院，发现对面的那条街上开了一家很大的哈根达斯冰淇淋店。尚禹溪到了美国后，就戒掉了一切甜食，而哈根达斯，这个让她充满绝望的地方，她始终是敬而远之。

尚禹溪朝着那个店面指了指："小雨想吃那个吗？"

小雨想了想，然后摇摇头："不！"

"那小雨想吃什么？"尚禹溪倒是觉得，小雨就和自己的亲生女儿一样，连自己的心思都能猜中。

"那个！"小雨朝着一边的冰淇淋甜筒店指了指。

尚禹溪笑了笑，抱着她走了过去。

买完甜筒，尚禹溪正抱着小雨往回走，正巧遇到提着两个哈根达斯的袋子，站在门口的沈母，她的表情也似乎缓和了不少。

尚禹溪假装没看到，转个了弯，想要绕过她，她却赶了上来："这个，给孩子吃吧！"

尚禹溪倒是一怔，问道："您这是做什么？以为我买不起吗？过来施舍我？"

沈母愣了一下，然后看着小雨，将手里的袋子递到了她面前。

小雨看了看，并没有接。

尚禹溪没说话，三个人就这样僵持着。

直到下一秒，沈母将那个袋子递到了小雨的手上。

小雨却因为力气不够，将袋子掉在了地上，一个个的哈根达斯的盒子从袋子里面滚了出来，还有一些融化的冰淇淋溅在了沈母干净的鞋子上。

尚禹溪看着沈母，以为她会发飙，然后痛骂自己和小雨一顿，可她只是低头看着地面上散落的袋子没有说话。

"我赔钱给您。"尚禹溪说着，将受惊吓的小雨放在了地上，伸手从口袋里拿出了钱包。

沈母深吸了一口气，缓缓地说："不必了。"

说完，她立马转身离开了。

尚禹溪倒是彻底被这个女人的变脸速度惊呆了。

她只好抱起了小雨，看着她说："我们要赔钱给她对不对？"

小雨点了点头："嗯！"

Chapter 6
终于知道当年你为何要离开

回到值班室的时候，邱姑姑正坐在那里，沉默而且伤感地盯着墙壁愣神。

"姑姑。"尚禹溪觉得有些不好意思，走过去向她打招呼。

"珊妮医生。"邱姑姑好像突然反应过来了一样，走到尚禹溪身边，说道："我晚上在家里准备几个菜，您去我家坐坐吧！"

尚禹溪赶紧拒绝："不了，姑姑，我晚上带我女儿去吃沙拉。"

"沙拉啊？"邱姑姑想了想，说道："我会做的，你们去我家坐坐吧！你也知道小凯那个孩子，他很少回家，他说你陪他，他就跟你一起回来。"

尚禹溪尴尬地看着邱姑姑："什么？他是这样说的呀？"

邱姑姑点点头："是啊！刚刚我叫他回家，他拒绝了，说你去他就去！"

尚禹溪说道："那我劝劝他。"

邱姑姑感激地点点头："好的。多谢你，珊妮医生。"

邱姑姑出去后，尚禹溪帮小雨洗了下手，就快步走了出去，正好，看到了站在门口的邱泽凯。

"对了，你姑姑让你回去吃饭。"尚禹溪扫了他一眼，说道。

"是啊。但你如果不去的话，那我也不去！"邱泽凯看着尚禹溪傲娇地说。

"你家的事情和我有什么关系？"尚禹溪白了他一眼，转身继续向前走。

"可你刚刚帮了我们家一个大忙啊！珊妮医生，你就带着小雨和我一起去吧！现在家里的气氛真的很压抑啊！"邱泽凯扯着尚禹溪的袖子撒娇。

"我不管！"尚禹溪硬生生地拒绝了。

"那你要是不帮我，我可就去沈教授那里告诉他，你还爱着他，喜欢着他，恨不得和他立刻成家！"邱泽凯威胁道。

尚禹溪看着他，睁大了眼睛说道："你最好不要胡说！"

"我不管，我去了！"说完，邱泽凯就朝着沈向北病房的方向走去。

尚禹溪赶紧拦住他，犹豫下说："行！我去！"

"好，下班我来接你！"他的语气中带着一股得逞的笑意。

尚禹溪来到之前手术的那个女孩病房，想看看她恢复的情况，走近门口的时候，她听到了女孩的哭声。

"怎么了？"尚禹溪赶紧推门进去，就看到女孩在那里捂着脸痛哭。

听到了尚禹溪的声音，女孩将手从眼前拿开，看着尚禹溪说道："那个哥哥好像有女朋友了！"

尚禹溪尴尬地笑了笑，走过去，她的病床前有她的名字，严姿。"小姿啊，我帮你检查一下伤口。"

严姿看着尚禹溪，嘟起嘴："他们已经待在房间里面很久了，那个女人还摸哥哥的脸！"

尚禹溪听到这儿，就抬起头看向了窗对面。果然，沈向北坐在窗子前的茶几边，身边还站着一个高个子很纤瘦的女人。

尚禹溪心里竟然莫名地痛了一下。

接着，尚禹溪就看到那个身影突然转了过来，她几乎窒息了，因为那个女人……竟然是郑欣儿……

"姐姐，那个女人没有你好看，没你有气质！如果我是哥哥，我选择你都不会选择她！"小姿朝尚禹溪说道。

"那我要谢谢你的夸奖喽！"尚禹溪故作轻松地说道。

尚禹溪一边检查小姿的伤口，不时用余光瞟一眼对面的两个人。

郑欣儿突然坐在了沈向北腿上，然后将手里的苹果递过给了他……

这一系列暧昧的动作，让尚禹溪一阵阵的痛楚。当年，那铺天盖地的新闻里，曾经有这样一张照片：

郑欣儿一脸柔媚地吻上了沈向北的唇……

她拿到那张照片的时候，几乎窒息，她苦笑着，用手里的剪刀想要将这个残忍的画面分开，可是，无论她怎么努力，都无法将这个记忆从自己的脑海里抹去。

尚禹溪看着远处的这两个人，就仿佛又一次重温了那个残忍的画面。

突然，耳边传来了小姿的声音："姐姐，哥哥在看你！"

尚禹溪这才缓过神来，朝着窗外那个身影看了过去，她不止看到了沈向北在看着自己，还有郑欣儿。

他们的目光都落在自己身上，郑欣儿有些吃惊，但沈向北确是满眼忧伤。

不得不说，当年郑欣儿和沈母的双面夹击，确实成功了。

她为了挽救自己岌岌可危的自尊，而选择了退出。

可是，这样的退出，却也只换来了如今的久别重逢。

尚禹溪给小姿整理好了绷带，就快速走了出去。为了防止他们看到自己，尚禹溪特意绕了个弯，走了一条不可能碰到他们的路。

刚回到值班室，就看到邱泽凯抱着小雨等在那里。

"珊妮医生，想不到你这么敬业。你竟然会为了给个病人包扎伤口，而晚下班足足一个小时。"邱泽凯开玩笑地说。

"嗯，走吧。"说着，尚禹溪就伸手想要接过小雨，却被邱泽凯挡住了："我看还是算了，我来照顾她好了！你也忙了一天了，好好休息吧！"

尚禹溪没说话，收起了自己的资料，转身走了出去。

一路上，邱泽凯不停地发表着对这个世界的赞美之情，而尚禹溪则低着头，呆呆地想着刚刚自己所看到的那个场景。

就在走出大门的时候，一个高个子女人迎了上来。

"小溪？好久不见啊！"郑欣儿的声音一如当年，有一丝丝的不屑和嘲讽。

尚禹溪抬头看了她一眼，然后平静地继续朝前走："你认错人了！"

"认错人？"郑欣儿还是保持着微笑，看着尚禹溪轻声说道："就你身上的这种穷酸味道，再过一百年，我也能闻出来！"

就在这时，邱泽凯突然转身挡在了尚禹溪的面前："呀！小姐，你不说我还不知道这是什么味道呢！"

郑欣儿以为邱泽凯要进行补刀，谁知道，他开口继续说道："你身上这种刚买彩票中了十块钱的暴发户味道，也真是让我着迷啊！"

郑欣儿咬着牙："你……"

"我？我怎么了？"邱泽凯笑了笑，一脸茫然地问道。

郑欣儿咬着牙，说道："你侮辱我！"

邱泽凯笑得更加灿烂："我侮辱你？哦哦，好像是！你中了二十！"

郑欣儿抬手就要朝着尚禹溪伸过去，可谁知邱泽凯一把拉住了她的手："是我和你的仇恨，你打别人做什么呀！这手还挺白的啊！也不知道为了洗清你这一身味道，涂了多少层！"

郑欣儿很生气地一把抽回手，怒视邱泽凯："你知道我是谁吗？"

邱泽凯笑了笑："知道啊！一个得志的小人！"

郑欣儿指着邱泽凯："你……"

"我？"邱泽凯一脸嫌弃地看着郑欣儿："你就不用知道我是谁了，反正你这种突然暴富造成精神压力过大而变态的小人，我是没兴趣的！"

没等郑欣儿开口，邱泽凯突然对郑欣儿身后的那个人说道："沈教授，这个被你抛弃的未婚妻估计是疯了，送去神经病院吧！别在这里乱咬人了！"

说完，他就一把揽住了尚禹溪朝着停车场的方向走了过去。

尚禹溪几乎感觉到郑欣儿的怒火已经波及到了自己的身后，而更重要的是，沈向北的冰冷也好像蔓延了过来。她努力紧了紧自己的外套。

"我说你这种逆来顺受的性格，是怎么有勇气虐我后妈的啊？"邱泽凯刚坐到车里，就看着尚禹溪一脸无奈地说。

"闭嘴！我想静一静！"尚禹溪一把将他的头转了过去，然后尽力去平复自己的心情。

那边，沈向北走到郑欣儿的身边，质问她："你告诉我，当时小溪会离开，和你有没有关系？"

郑欣儿犹豫了一下，然后抬起头："向北，怎么会和我有关系呢？是她自己要走的啊！"

沈向北目光冰冷，死死地盯着她说道："小溪离开之前，很多人看到你出现在了医院。那个时候，我不在医院，你去找谁了？"

郑欣儿愣了愣，然后赶紧摆手："向北，这和我没有关系！她是自己想要离开的，她不爱你了，而且在国外嫁人了！这都是她自己决定的啊！"

沈向北看着郑欣儿，几乎是一字一句地说："你以为我会查不到，那个克莱尔曾经是你的好友吗？"

郑欣儿愣了一下，然后向后退了几步，接着又走上前："向北，这不关我的事啊！向北！"

沈向北缓缓闭上了眼睛，极力忍住自己的怒气，转身走了。

走进了邱家的大宅子，客厅里已经摆好了餐具，邱泽凯的家人围坐在茶几边，似乎感慨万千。

尚禹溪刚走进门，邱姑姑就起身迎了过来："珊妮医生，你们来了！"

尚禹溪赶紧笑了笑："姑姑，您叫我小溪就行。"

邱姑姑点头说道："好好。小溪，你来了我真是太高兴了。"

正在这个时候，平时一向对尚禹溪不太客气的邱夫人也走过来，说道："小溪啊，以前伯母那么对你，是伯母不好。今天你能替我说话，我真是……"

尚禹溪看了她一眼，只是平淡地笑了笑："我只是不想任何人被冤枉而已。"

邱泽凯转身抱着小雨走进去："我们吃饭吧！"

邱夫人一脸愧疚地挽住了尚禹溪的手臂，走到桌边坐了下来，这突然的亲近还真是让尚禹溪有些不适应。

尚禹溪坐在了邱姑姑的身边，邱泽凯则坐在了她的身边，长长的欧式桌子对面是邱先生和邱夫人。

"既然事情已经这样了，我有个不情之请。"突然，邱姑姑开口对大家说道。

"妹妹，你说……都是一家人，不用说什么请不请的。"邱夫人赶紧摆摆手，说道。

"是啊！有什么事，直接说就好了！"邱先生看着邱姑姑，认真地说。

"那我就直说了，既然事情已经这样了，我希望大家就不要再提了，我们都是一家人，自然是要相互扶持的。"邱姑姑说得很诚恳。

"是啊，我们也是这样想的。"邱夫人点点头，说道。

"我老公伤害了嫂子，我必须替他向嫂子说一句对不起，希望你能原谅他。"邱姑姑突然起身向邱夫人鞠了一躬。

看到这个情况，邱泽凯赶紧起身走到了邱姑姑的面前："姑姑，你要干什么？为什么要向她赔礼道歉？"

尚禹溪看着邱泽凯一脸的怒气，就知道这个后妈平时做的一定不太靠谱，要不然也不能惹得大家有人要陷害她，有人要恨她。

"小凯，你坐下！"邱姑姑命令道。

邱泽凯无奈之下只好走到一边坐了下来。

邱夫人看着邱泽凯，也起身说道："小凯，妈妈……"

刚听到这两个字，邱泽凯就起身反驳："别说得这么客气，妈妈？你真的是我妈妈吗？"

邱夫人一脸尴尬地坐下来，不再说话。

邱姑姑将邱泽凯按在了座位上，说道："你还嫌这个家里不够乱吗？"

邱泽凯刚要说话，尚禹溪示意阻止了他。

突然大家集体陷入了沉默，尚禹溪看着周围的怪异气氛，就知道，似乎这个家里发生了不少的事情。

各自用餐，最后，这顿饭不欢而散。

尚禹溪抱着小雨坐在邱泽凯的车里，一路沉默。

转了个弯，邱泽凯突然将车停了下来，然后一脸悲伤地看着尚禹溪说道："你就不想知道我们家里发生了什么事吗？"

尚禹溪看了他一眼，平静地说："如果你自己想说的话，你会告诉我的，但如果你不想说，我问了也是白问。"

邱泽凯点点头，说道："这件事情，还要从二十几年前说起，我爸爸是在家人的压力下，才娶了我妈妈。"

尚禹溪没说话，安静地听着。

"他们的婚姻并不幸福，在我出生后，就很少听到爸爸与妈妈说话，爷爷对我和妈妈很好，可是，却管不了他自己的儿子。后来，我妈妈发现我爸爸和现在这个女人在一起，但是，她没有戳穿，一直帮着他隐瞒下去……"

"可是，为什么现在……"尚禹溪想了想，问道。

"那是因为，在三年前，我的妈妈突然失踪了，我很想知道她的消息，可是，找了很多地方，都没能找到。"邱泽凯一脸伤悲地说着。

"后来，我爸爸就娶了这个女人。"邱泽凯说完，突然握住了方向盘，一路朝着尚禹溪的公寓开了过去。

"我能理解你的心情！"尚禹溪愣了一下说道。

"你不懂那种感情顿时缺失的空虚感……"

"我懂的。"尚禹溪犹豫着说道。

"难道？"邱泽凯突然回头看着尚禹溪，认真地问。

"我从小就没有见过我爸爸，我甚至不知道，爸爸这个角色到底是什么样的！"尚禹溪缓缓地说，虽然听起来很沉重，可是她却说得异常轻松。

"你爸爸呢？去世了？"邱泽凯侧目问道。

"或许吧。"尚禹溪认真地说："也有可能，是藏起来了。"

"你没有问过你妈妈吗？"邱泽凯问道。

"问了只不过是平添烦恼，我妈妈也是无辜的，何必让她重新回忆那凄惨的岁月呢！"说完，尚禹溪将小雨抱得紧紧的。

"可你不会觉得自己很委屈吗？"邱泽凯犹豫地说。

"会！当然会！"尚禹溪笑了笑："可他都已经不要我们母女了，我再这样纠结下去，又有什么用呢？"

"我如果真的找到了他，我想我绝对不会原谅他！"

邱泽凯突然笑了笑："很值得呢！"

尚禹溪迟疑了一下，问道："你说什么？"

"这样用一个秘密换一个秘密，真的是超值！感觉自己赚到了！"邱泽凯笑了笑。

尚禹溪没理他，直到到了利兹的公寓，才抱着睡着的小雨缓缓地下了车，走了进去。

"珊妮医生，要不然你离婚吧！我娶你！"邱泽凯站在远处，朝着尚禹溪大喊。

尚禹溪只是回头白了他一眼："下辈子吧！"

回到公寓，站在门口她意外地发现沈向北的房间竟然亮着灯。

正在她开门的时候，沈向北突然打开了门，走了出来。

尚禹溪惊讶地回头，就看到了身上还零星绑着绷带的沈向北。

她看着他，愣了一下，问道："你怎么回来了？"

沈向北笑了笑："其实已经没事了……所以，就回来住了。"

尚禹溪没再说话，抱着小雨开门非常不方便，她试了几次都没能将钥匙塞进门锁的洞里面。

沈向北赶紧走过来帮她打开了门。

"谢谢！"尚禹溪说着，抱着小雨走进了房间。

将睡着的小雨放到了床上，她才关上门走出了卧室，沈向北坐在客厅里，若有所思地看着尚禹溪。

"你的伤……"尚禹溪犹豫了一下，还是走过去问道。

"已经好了，也不会留下疤痕。"沈向北笑了笑，还是直直地看着她。

"那就好！"尚禹溪坐下来，和他面对面。

"四年前，你离开我，是不是因为……"沈向北停顿了一下，继续说道："郑欣儿？"

尚禹溪愣了一下，摇摇头："不是！"

"可我真的想不到一个你必须离开我的理由啊！小溪，你告诉我，到底发生了什么事？"不知道这是沈向北第几次问到这个问题，每一次他说到这儿，都会让尚禹溪的心里面一阵阵的痛楚。

她怎么能告诉他，是郑欣儿和他的母亲刻意的几句话，将自己的世界推向了一片黑暗呢？

四年了，她有过无数次的幻想，哪怕仅仅是这样和沈向北面对面坐着，都是难得的幸福。

可是，这种幸福来得太快，却不见得是好事。

"没有……没有发生任何事！"尚禹溪起身，端起了身边的水杯走向厨房。沈向北就这样猝不及防地起身，然后从背后揽过了她的身体。

"小溪，我们重新开始吧！"沈向北悲伤地说。

"重新开始？"尚禹溪喃喃地重复，如果，这是她刚刚到美国的时候，或许沈向北对她说出这样的话，她是会同意的。

可是，毕竟是四年后了……

"沈教授你神志不清了吗？"尚禹溪转过身，直直地看着他："重新开始？你记不记得你是个订过婚的人？你记不记得当年你对我的施舍？你记不记得我说过我和你之间会走到这一步，完全是因为我厌倦了？"

沈向北身体微微一震，双手缓缓地垂下，看着面前这个正极力仰着头看向自己的人。

"沈教授，我厌倦了你曾经对我的施舍，每一次你给我任何一样东西，我都会觉得异常的肮脏！你知道吗，我们之间，不过就是一个王子与乞丐的关系，你像在我的生命里提醒着我，我自己需要多努力才能走到今天。"尚禹溪看着沈向北，一字一顿地说。

"我没有……"沈向北喃喃地说。

"没有？你和你的未婚妻去的那家冰淇淋店，那是我连路过都不愿走进去看看的地方！你有豪车，却甘心和我挤公交车！你知不知道，每次我看见你笑着陪我上公交车的时候，我都觉得你是在用你的行动讽刺我的人生！"尚禹溪闭起了眼睛。

"你以为我不知道吗？在医院的食堂里面，沈家给你留了一个私人套间，聘请了私人厨师。你每次都在外面陪着我，我会以为我连累你，我害了你！"尚禹溪极力忍着自己的眼泪。

再睁开眼睛的时候，沈向北出其不意的吻就这样落在了尚禹溪的唇上……

时间，在这一刻，好像过了一个世纪那么长……

四年前，沈向北也是用这样的方式，吻上了自己的唇。她还记得，那天漫天的大雪飘然落下，沈向北问她："冷吗？"

尚禹溪摇摇头："不冷，你不要陪我等公交车了……"

不远处，一辆黑色的商务车等在那里，尚禹溪明白，这是来接沈向北的。

"不行！我不能让你一个人回去！万一你离开我怎么办？"他说这话的时候是笑着的，似乎那个时候，尚禹溪和沈向北都以为这是个玩笑。

结果，短短的几个月后，分手就成真了……

黑色商务车缓缓朝着他们驶来，公交车站等满了人，商务车的司机探出头来："少爷，您还是上车吧！如果让夫人知道了，一定会责怪我的！"

尚禹溪也对他说："你上车吧！我自己可以的！我也不会离开你的！"

沈向北突然一把拉住了尚禹溪的手，带着她上了车。

车里铺着一张张纯白的脚垫，尚禹溪抿着嘴唇，不知道该将自己的双脚放在哪里。

尚禹溪突然一把推开沈向北，睁大了眼睛。

沈向北满脸伤感地朝着她苦笑："小溪，你难道不明白吗？那时候我做的一切，都是因为我爱你！"

尚禹溪看着他，眼泪奔涌而出："你知不知道，你的同情，你的帮助，你因为不想让我感到自卑，而为我做的所有事情，一件一件，都已经在我心里留下了丑陋的烙印！我恨你，我恨你爱我！"

沈向北的眼圈也已经红了，可是还是扬起了嘴角，看着她说："可你在我的世界里，是最美好的！"

尚禹溪将自己的头极力地低下，声音也好像压抑得有些沉闷："如果可以，我真希望我们是一样的！"

她怎么会不知道沈向北这么做都是为了自己呢？尚禹溪为了省下午餐费，很多时候都会从家里带饭，饭盒里永远装着寒酸的泡菜炒青菜，甚至只有一个鸡蛋。

沈向北每次都从食堂打来饭，然后一把抢过尚禹溪的饭盒，将自己的饭递过去："我喜欢吃清淡的！"

尚禹溪看着沈向北狼吞虎咽，总会有种期盼，希望他们，是完全一样的人，要么都是穷人，要么都是富人。

就连尚禹溪第一次喝的牛奶，都是沈向北给的。

"这个给你！午餐喝一杯，下午会很有精神！"沈向北将自己的牛奶递给了尚禹溪，然后又端了一小碟白糖，递给了她："要加多少？"

尚禹溪犹豫着问："这个白糖，不要钱吧？"

沈向北笑着朝她眨眼："不要。"

尚禹溪颤巍巍地端着，将整整一小碟白糖都倒进了杯子里面。

这一杯杯温暖而且甜蜜的牛奶，就陪着尚禹溪，度过了那一年。

后来，尚禹溪还会变本加厉地多在杯子里面倒了些白糖，直到杯子里沉淀的全是那融化不开的晶体。

出国的那天，尚禹溪专门回到医院的食堂，要了一杯牛奶，走到白糖区域的时候，上面的标价明显刺伤了她的眼睛。此后，她再也没有喝过一口加了白糖的牛奶，最后，干脆连牛奶都戒了。

后一刻，尚禹溪已经独自坐在了公寓客厅的沙发上，沈向北最终还是呆呆地走了出去。透过门口那片玻璃，尚禹溪甚至可以看到沈向北那边灯光下晃动的影子。

他们之间，注定是要隔着一个可怕的距离，说远不远，说近不近，尽管面对面，心却隔着十万八千里。

沈教授回来了！

尚禹溪刚抱着小雨走进利兹，就听到一个个护士相互传递这个令人欢呼雀跃的消息。

尚禹溪一刻没停地上楼，径直走进了值班室。

"珊妮医生，刚刚有人来找您。"米娜见尚禹溪走进来，就赶紧走到了她面前说道。

"是谁呀？在哪里？"尚禹溪朝外面看了看，发现根本没人。

"我也不清楚，不过她特意嘱咐，要让您带着小雨去露台，她在露台等您。"米娜忙碌着说道。

"带着小雨？"尚禹溪犹豫地重复了一遍，心里瞬间七上八下，该不会是小雨的亲人来找她了吧？

那种即将失去的感觉，让她痛得不能不已。

带着小雨上了露台后，她就看见了一个优雅地坐在长椅上的背影。

尚禹溪迟疑地走过去，那个人也刚好转头。

"沈夫人……"尚禹溪有些诧异，她老人家如果找自己，八成是来指责自己的，关键的问题是，带小雨做什么。

"尚小姐……"沈母看了看尚禹溪，然后又低头看了看她身边的小雨："我能请您帮我一个忙吗？"

尚禹溪看沈母的气色似乎有些不好，就极力压抑着自己的怒火，说道："什么忙？"

沈母抿了抿嘴唇，说道："我能带这个孩子出去玩一会儿吗？"

尚禹溪以为自己听错了，忙问道："您说什么？"

沈母镇定了一下，解释道："是这样的！我……我今天闲着也是闲着，反正你要上班，不如将这个孩子交给我，我帮你带！"

尚禹溪突然笑了出来："沈夫人您真是客气了，我们这种穷人家的孩子，不用劳烦您的照顾。"

沈母愣了一下，盛气凌人的表情也有所缓和："不是……我就是想……"

尚禹溪打断她的话："另外，您如果想用我的亲人来威胁我回到国外，您也不用费这个力气了，邱总的病一好，我立刻就会离开，多一秒钟都不会停留！"

尚禹溪说完，就带着小雨转身离开。沈夫人似乎还有话说，但尚禹溪也根本没有给她任何说话的机会。

下了楼，尚禹溪这才想起，上次说好要赔给沈夫人鞋子的钱，忘记给了。她转身走上露台，却发现她已经离开了。

尚禹溪只好带着小雨下楼，将小雨交给了邱泽凯。

"喂！我还以为你今天不来了呢。"邱泽凯抱起小雨，笑呵呵地说。

"哦，对了，今天如果有个中年女人找你，要带小雨去玩，你千万不要答应！"尚禹溪认真地对邱泽凯说道。

"怎么了？发生什么事了？"邱泽凯一脸诧异地问道。

"你就不要问了，就按照我说的做吧。"尚禹溪不耐烦地说。

"好吧。"邱泽凯点点头。

尚禹溪取了钱后，就朝着沈向北的办公室走了过去。为了方便照顾患者，沈向北通常会在四楼的办公室值班。尚禹溪一路走过去，就看到了那间办公室。

她越来越紧张，可是，她必须将这个钱还给沈夫人，一刻都不能耽搁！

轻轻敲了门后，她听到了里面沉稳的一个声音："请进。"

尚禹溪犹豫了一下，还是推开了门。

沈向北坐在正中间的位置，正埋头看着手里的病历，以至于尚禹溪走到他的身边，他都没有发觉。

尚禹溪从口袋里掏出了一叠钞票，放在了沈向北的桌子边，沈向北一回头猛地看到了她。

"这是……"沈向北起身与她面对面，然后犹豫地看着那叠钞票问道。

"我前几天不小心弄脏了沈夫人的鞋，这是赔给她的。"尚禹溪想了想说道。

沈向北看着她，突然想起来："之前每年都向我的卡里汇款的人，也是你吧？"

尚禹溪愣了一下，对沈向北说道："既然没事了，那我就先出去了。"

说完，她头也不回地走了出去。

沈向北看着桌子上的钱，愣了一下追上去。

"我妈妈找过你？"沈向北神色有些紧张地问道。

"没有。我们是不小心遇到的。"尚禹溪说完，继续向前走。

沈向北看着她的背影，倒觉得，这一叠钱就是她要与他划清界限。

"珊妮医生，刚刚送来了一个病人。"尚禹溪在给邱总测完血压之后，就看到米娜朝着自己走了过来。

"怎么回事？"尚禹溪抬头问道。

"是这样的。刚刚出了一起车祸，有个病人头部受了伤，现在昏迷了。"

"这应该是急诊的事情，怎么来找我了？"尚禹溪看着米娜不解地问道。

"这个病人是齐院长的表弟。"米娜犹豫了一下，解释道。

"哦！是这样……"尚禹溪想了想，继续说："齐院长叫你来找我的？他为什么没有去找沈教授呢？"

　　"是这样的。这个病人的家属不想给病人进行手术，可是病人头部有淤血，如果不及时将淤血抽出，病人恐怕会有生命危险。"米娜继续说道："齐院长坚持要沈教授想办法，可是沈教授下午还有一台手术，已经是分身乏术了，齐院长却坚持要沈教授暂停手术，先为他表弟治疗。栾院长叫我来叫您，想问问您，有什么办法吗？"

　　尚禹溪这才听明白事情的经过，并不是齐院长要找自己的，而是栾院长器重自己。尚禹溪笑了笑，然后对米娜说："好吧。那我去看看。"

　　尚禹溪在国外的时候，曾经经历过许多这样的情况，很多患者在看到她的时候，都是摇头，觉得这个女孩实在是太年轻了，资历不够，但尚禹溪总是一一向大家证明她是可以的。

　　这一次，尚禹溪也是毫不犹豫地走了过去，她不能输给沈向北。

　　"齐院长！栾院长！"尚禹溪刚走到急诊室的时候，就看到许多医护人员簇拥着一个躺在担架上的中年男子。两位院长则站在门口在商量着什么。

　　那个躺在担架上的病人，正处于昏迷状态，血从他的嘴里渗出来。尚禹溪知道，这并不是一个好现象。如果再耽搁下去，病人必死无疑！

　　"她怎么来了？"看到尚禹溪，齐院长张了张嘴巴，一脸的疑问。

"是我让珊妮医生来的。我觉得您表弟的情况现在很危险，真的不能等到沈教授下手术台再治疗了。"栾院长指了指一边的担架，认真地说道。

"不行！如果这样的话，就让沈医生中断手术，先来给我表弟治疗！"齐院长一摆手，坚定地说。

"齐院长，您关心家人的心情我非常理解，相信您对其他家属的心情也是感同身受，既然是这样，您就更应该明白，如果那个手术中断了，病人的死亡率会提升多少。"尚禹溪本不想对着齐院长说教，可奈何他的话有些自私，她也只能开口说道。

"我不用你这种黄毛丫头来教我！"齐院长一摆手，将头转到了一边。

栾院长也示意尚禹溪先不要说话，可尚禹溪却丝毫没有畏惧："齐院长，您说我黄毛丫头，请问，我比沈教授差在哪里呢？"

齐院长转过头，看着尚禹溪说道："真是大言不惭，你知不知道，沈教授光是得到的奖杯，就能把你压死！"

尚禹溪笑了笑，说道："您不妨去查一下，沈教授获得过的所有奖项，第二年的得主都会是一个叫珊妮·S的人！"

齐院长愣了一下："叫珊妮的人多了去了，和你有什么关系？"

尚禹溪笑了笑："但是华裔只有我一人！去年的时候，我获得了 IS 设立的国际杰出心脑血管医师奖，而今年三月份，他才获得这个奖项，颁奖仪式要在下个月举行。"

栾院长点点头："是这样的。我曾听说国际上有位知名的心脑血管医生，大家称为天使珊妮，想不到，就是你啊！"

尚禹溪笑了笑，走到齐院长面前："不知道我的资历可不可以为您的表弟诊治呢？"

齐院长听到尚禹溪这样说，犹豫了一下，说道："如果我表弟出了什么事，我一定要唯你是问！"

尚禹溪笑了笑："可以！"

Chapter 7
如果没有这四年你会嫁给我吗?

　　齐院长的表弟因为车祸碰撞造成了脑部三处血管破裂,而唯一的解决办法就是手术。

　　"将病人推去手术室!"尚禹溪毫不犹豫地说道。

　　"不行!我表弟坚决不能手术!以我多年的经验,脑部手术后,人一定会留下后遗症!"齐院长赶紧制止。听到他这样说,他的家人也都摆手拒绝。

　　尚禹溪看着齐院长,严肃地说道:"如果还不手术的话,脑部的更多神经就会受到压迫,病人的问题就会更多。齐院长,您也是医学专业毕业,应该理解手术越及时病人康复概率越高这个道理吧?"

　　莱院长看了看那个躺在担架上面的人,对齐院长说道:"珊妮医生说的是对的,要是再不手术的话,压迫受损的部分就会越来越多。"

听到他们的话，齐院长这才一摆手："如果我表弟出了什么事，我就让你身败名裂。"

尚禹溪笑了笑："可以！"

其实，齐院长对手术的偏见，是许多患者都有的。当然，有些患者会因为抵制手术，而造成了不可挽回的后果。

"我们进行微创手术，去请麻醉师！"尚禹溪对身边的护士说道。

齐院长睁大了眼睛："微创？微创手术怎么可能清理干净大片血迹？不是还要进行血管修复术吗？栾非，你这个什么珊妮医生到底靠不靠谱？"

栾院长信心十足地说："放心吧，我相信珊妮医生的能力。"

正说着，尚禹溪对身边的护士说道："先给患者打退烧针，然后将室温降低。另外，拿些冰过来！"

护士有些诧异："拿什么？"

"冰。就是平常用的冰就可以，实在没有的话，就去买几瓶带冰的水。还有，手术时间大概需要一个小时，这一个小时里，冰不可以断。通知家属，准备足够的冰，术后使用！"尚禹溪对身边的护士说道。

听到了尚禹溪的要求后，齐院长更加忐忑了。他看着栾院长，问道："你听到了吗？她竟然要冰？在和我开玩笑吗？我从医这么多年，还第一次听说有医生会在手术的时候要冰！"

栾院长听到尚禹溪的要求，也是一头雾水。

齐院长更是紧张地感叹道："一个小时？这不是在敷衍我吧？快去叫沈医生过来！"

栾院长赶紧制止了他："我们看看再说。"

"珊妮医生，冰准备好了。"护士看着尚禹溪，说道。

"好，先放在那里吧。"尚禹溪朝护士点点头，示意护士将冰放在一边。

微创的钢针刺进病人的病灶时，门外的两位院长齐齐捏着一把汗，生怕尚禹溪一个不留神，给病人带来更大的麻烦。

"甘露醇！"尚禹溪在确定钢针没有问题后，转身对身边的护士说道。

重点病灶都刺进钢针后，尚禹溪朝身边的护士示意："冰拿过来！"

接着，冰被排列摆在了病人的头部，室温也彻底降了下来。

"我明白了，珊妮医生是在给病人进行物理降温。病人一旦受了伤，伤口就会引发炎症，造成高烧的状况，一旦高烧，头部的压力就会增大，所以，出血量也会急剧增大。"栾院长解释道。

"她什么时候要进行手术？这么等下去，还不知道要出什么乱子呢！"齐院长看着里面一直在做降温的尚禹溪，焦急地问道。

"这要等皮层冷却下来才可以，如果现在着急手术了，中途血流速突然增高，病人就会有危险。"栾院长将手放在胸前，似乎已经完全放松了下来。

尚禹溪用手指摸了一下病人的头部后，这才向身边的助理医师示意："可以了，现在帮病人清理淤血。"

这样一个看似复杂的手术，实际上，仅仅用了不到一个小时的时间。尚禹溪处理好病灶后，才对身边的护士说道："病人先留在这里，让家属去整理病房，温度不能太高！"

护士急急忙忙地跑了出去。

在确定手术结束后，齐院长和栾院长才走了进来，刚进门，齐院长就试图去叫醒他的表弟，尚禹溪赶紧制止道："不可以的齐院长，病人现在很危险，如果醒过来了，头部血流速增大，还会引起头部病变。"

齐院长一脸的不愿意："那我怎么知道他有没有好呢？"

尚禹溪将手里的胶片递给了齐院长："您表弟的脑神经受损的非常少，只是压迫比较严重，现在除去了压迫，恢复几天，应该没有多大的问题。"

齐院长还是不信，但碍于面子，就赶紧推着他表弟回了房间。

栾院长看着尚禹溪，点了点头。

尚禹溪跟着病人回到了病房，然后在一边的椅子上坐下："从现在开始的两个小时之内，我留在这里看护病人，这几个小时是危险期,有问题我会及时处理。"

家属纷纷点头,尚禹溪这时候对家属说道:"为了避免病人突然清醒,请各位家属千万不要尝试叫醒病人。"

家属很听话地点头,可看着面前躺着的人,个个心里还是很没底。

尚禹溪坐在患者的床边,安静地计算着该醒来的时间,这个时候,突然病房的门开了,沈向北快步走了进来,他似乎走得很匆忙,连身上穿着的手术服都没有脱下来:"怎么样了?"

尚禹溪看着面前的人,缓缓地说:"一切正常。"

"他们说的是真的吗?你真的是珊妮·S?"突然,沈向北看着尚禹溪问道。

尚禹溪看着沈向北,平静地点了点头。

尚禹溪在国外的时候,总是会听到沈向北获奖的消息,国内这个年轻的医生在叱咤风云,而国外,尚禹溪也不知道从什么时候开始,不断跟随沈向北的步伐,获了不少的奖项。

每次,沈向北获奖的消息传到尚禹溪的耳朵里,她都会赌气一样地跟上,获得第二年的奖项。他们的名字,永远是上下排列着,像以前一样。

没人知道这个珊妮·S究竟是什么人,大家对她的了解,仅仅是一个名字,但却在许多医学研讨会上面看到过她的论文。沈向北也看过,他对珊妮的评价尚禹溪也是知道的,她和沈向北紧紧相随,为的不过是追上他。

"真没想到，我们之间竟然还有这种渊源！"沈向北看着尚禹溪若有所思地说。

"是啊！渊源！"尚禹溪笑着重复了一遍。

"嗯。"沈向北一时不知道该说什么，这个他最欣赏的神秘人，竟然是他最爱的那个人。

正说着话，突然一个人冲了进来，一下子扑到了沈向北的怀里："教授哥哥！"

尚禹溪赶紧起身朝她比了一个禁声的手势，这才看清，眼前的这个女孩，是栾院长的女儿栾乔……

"珊妮医生也在这里呀？真是太巧了！我约了教授哥哥去喝咖啡！"栾乔根本没有将尚禹溪的话放在眼里，她的声音依然大得让尚禹溪一阵阵害怕。

"栾小姐，你一定要降低分贝，这个病人如果醒了，麻烦会很大。"尚禹溪赶紧小声对她说道。

"好。"栾乔朝着尚禹溪笑了笑，然后转身揽住了沈向北的手臂："那你和我们一起去吧？"

尚禹溪看了看沈向北，赶紧摇摇头："不了，你们去吧。"

沈向北将手臂抽出来，然后尴尬地看着尚禹溪："一起去吧！"

尚禹溪笑了一下，说道："不了，我要在这里看着病人，你们走吧。再见。"

没等沈向北说话，栾乔已经拉着他出了门，就这样，病房的门，轻轻关上，他们之间又是两个世界……

记忆里，沈向北总是被许多女孩包围着，他极力去避免这样的事情，但也经常会惹尚禹溪吃醋。

一次，尚禹溪和沈向北一路走着，突然，从身后走过来一群女孩子，就这样猝不及防地将沈向北团团围住，尚禹溪一不留神被撞出了人群，摔在地上，膝盖撞出了一道血淋淋的伤口。

尚禹溪第一次看到沈向北和别人发脾气。他推开身边的每个人，然后将正倒在地上的尚禹溪拦腰抱起。

此后，尚禹溪再也没有吃过醋，因为她知道，他保护自己，就像保护这个世界上仅有的水晶。

此时，尚禹溪已经走到了窗口，病房外面就是利兹的大门，沈向北被栾乔紧紧抓着，一步步走出去，就在他抬起头看向楼上的时候，尚禹溪躲了起来。

很明显，栾乔喜欢他，那种喜欢，就像是当初的自己。

她也曾经这样拉着沈向北一路走，只是，她选择的地方，永远都是不花钱的。

比如，医院后面的花园、海边的休息亭、地铁站的长椅，每个地方，他们都曾经在那里并肩聊天。

沈向北的一个朋友纪廉青对尚禹溪说，沈向北为了尚禹溪，放弃了很多东西。

比如，三条街的咖啡、普拉尔西餐厅的红酒、泰国餐厅的冬阴功汤……

尚禹溪之所以会觉得难过，是因为这些地方，她都不曾与他去过。

纪廉青说，沈向北是不可能和她在一起的。因为，沈向北有婚约在身，他非常孝顺父母，不会忤逆父母的意思。

尚禹溪对这个定论深信不疑。

在美国的时候，她曾经在一个酒吧里面见过纪廉青，他剪去了打着卷的头发，换了一个清爽的短发，在看到尚禹溪的时候，惊讶得说不出话。

"你知道向北找了你多久吗？你竟然躲在这里？"纪廉青看着尚禹溪感叹。

"他在找我？"尚禹溪已经不知道喝进去多少酒，脑子已经不太清醒。

"是啊，向北因为你的离开一蹶不振，我真的不知道该怎么劝他才好。"纪廉青看着尚禹溪，无奈地说。

"我能求你一件事吗？"尚禹溪缓缓地问。

"可以。你说吧。"纪廉青愣了一下，回应道。

"这辈子都不要告诉他你见过我。"尚禹溪说完，两行泪水就顺着脸颊流了下来。

后来，纪廉青将手机里一段关于沈向北的视频转发给了尚禹溪，这成了她唯一一个能够抓住的影子。

视频里的沈向北，对着镜头一字一句地问："她在哪里？

她到底在哪里？"

尚禹溪每次看到那个视频，眼泪都会忍不住地流下来。

一个小时后，尚禹溪回到了值班室，邱泽凯抱着小雨坐在那里，摆弄着桌子上的乐高玩具。

"今天，有没有一个人找过你们？"尚禹溪愣了一下问道。

"没有。"邱泽凯很肯定地说。

"那就好。"尚禹溪想了想，说道。

"你的手术怎么样？"邱泽凯认真地看着她问。

"成功了。"她淡淡地回答。

"不过，已经到了下班的时间，你知道吗？"邱泽凯突然转头看着尚禹溪笑嘻嘻地说。

"我们去吃牛排吧！"邱泽凯看着尚禹溪，满脸的憧憬。

"好。"尚禹溪几乎想都没想，就答应了："我们去普拉尔西餐厅。"

邱泽凯愣了一下："我们果然很有默契。"

为了去这个沈向北喜欢的餐厅，尚禹溪特意换了一件礼服，镜子里的她，女王气质十足，完全没有了当初的那种青涩。

小雨被邱泽凯送去了姑姑那里，姑姑很开心多了个人陪她。尚禹溪跟邱泽凯坐上车子的时候，邱泽凯完全惊呆了："女神啊！"

尚禹溪笑了笑："女神经病吧？"

"珊妮医生，其实你不板着脸的时候，真的很美啊！"邱泽凯对着她感叹道。

尚禹溪没有说话，一路上，看着街边熟悉的景色，有多半沈向北都曾经陪她走过。

普拉尔西餐厅，位于本市最高的斯里兰卡大楼，在餐厅中能看见这个城市的全貌。走到门口，邱泽凯突然伸出了手臂，然后对尚禹溪眨眼："我有没有这个荣幸呢？"

尚禹溪笑了笑，然后将手放在了他的手臂回弯处，一步步跟着他走了进去。

这曾经是一个她想都不敢想的地方，似乎连地毯都被贴过了金。当初，尚禹溪一直觉得，在这个地方吃上一顿饭，一定会花去母亲一年的薪水，可当真走进来，却发现这里不过是一个带着古典韵味的小餐馆，比起国外那些奢华的西餐厅，还是逊色了不少。

刚走进去，她就被不远处的一双目光刺进了心里，沈向北和栾乔面对面坐在那里，品尝着杯中的美酒。

很明显，他看到了她，也被眼前的她惊艳到了。

她没有回头，一步步朝着角落的位子走过去，然后邱泽凯帮她拉开椅子，她微微笑着点头致意，坐了下来。

她看着不远处的两个人，似乎看到了当年的他们。

沈向北还是那个沈向北，而栾乔，像极了自己。

而自己……

尚禹溪收起了目光，朝对面的邱泽凯笑笑："看来你是这家餐厅的常客啊！"

邱泽凯耸耸肩："算是吧！平时会和朋友在这里喝喝红酒，这里的红酒是一绝，估计你会喜欢！"

尚禹溪优雅地笑了笑，然后随手指向了一边的酒架："我在这里存过一瓶酒……"

身边的服务生毕恭毕敬地问道："请问女士，您的名字是？"

尚禹溪优雅地收回了手："珊妮·S！"

"好的。请问还需要什么？"身边的服务生依然毕恭毕敬地问道。

"把我存的酒拿出来，分一半给那桌的客人。"尚禹溪朝沈向北的方向指了指。

邱泽凯朝那个方向看了一眼，回头对尚禹溪说道："沈教授？他怎么会和栾院长的女儿在一起？"

尚禹溪平静地看着他："这个世界上，没有什么是值得奇怪的。"

"不过，我倒是奇怪，你也来过这里？"邱泽凯看着尚禹溪，认真地问道。

"没来过。"尚禹溪笑了笑，说道。

"没来过？那这瓶酒是怎么一回事？"邱泽凯认真地问。

"我叫别人放在这里的。"尚禹溪平静地说。

她的老师斯蒂芬医生，在三年前回国前，尚禹溪特意拜托他在这里寄存一瓶酒，而这瓶酒，是她获得和沈向北同样的奖项时，他送给珊妮·S的。

当时，尚禹溪坐在家里，突然接到了一个漂洋过海来到她身边的礼物，她没有想到的是，送这个礼物的人，竟然是沈向北。

他只在酒箱上面写了简单的一行字：赠与珊妮医生，一个智慧与风度并重的女人。

智慧与风度……

这是多么高深的两个词。

她以为，或许有一天，沈向北看到这瓶酒的时候，他会知道真相。

可是，终究还是她自己破解了这个复杂的谜题。

酒被均匀地分成了两份，一份放在了自己的桌子上，另一份放在了沈向北的桌子上。

尚禹溪突然觉得很讽刺，这本该是他们一起分享的酒，却这样四分五裂地躺在四个人的世界。

"这是谁送来的？"栾乔看着酒瓶，认真地问道。

服务生朝尚禹溪的方向伸出了手，栾乔立刻惊讶地朝着尚禹溪喊："珊妮医生！这么巧？"

尚禹溪朝她摆摆手。

而此时的沈向北则低头看着面前那个酒瓶。

在瓶标的下角，沈向北曾经签上了自己的名字。

而如今，那个名字依然躺在上面，只是，随着时间的流逝，有些泛黄了而已。

沈向北看着尚禹溪的方向，突然起身，在栾乔还没反应过来的时候，一步步朝着尚禹溪走了过去。

后一秒，他已经将她揽在了怀里，那强烈的撞击，让尚禹溪有些慌乱，刚刚倒满的酒也这样倾刻洒在了礼服上。

她突然感觉有些安慰。

她以为，他忘记了那个时候，最陌生也是最熟悉的两个人。

而现在，她确定的是，他没有忘记，不仅记得，还记得很清楚。

尚禹溪缓缓推开他，然后笑了笑："好久不见。"

沈向北笑了笑，极力忍着自己的伤心："如果当时你告诉我你就是珊妮，我一定会漂洋过海去找你！"

尚禹溪笑了笑："找我又有什么用呢？我们是注定不可能在一起的。"

沈向北看着尚禹溪，睁大了眼睛问道："为什么不可能？"

"因为我们的身份，我们注定是要走两条路的。"尚禹溪认真地说道。

沈向北还没有想清楚，尚禹溪嘴里说的到底是什么意思，栾乔就走过来拉住了他："教授哥哥，你不是说要陪我吃牛排的吗？"

尚禹溪笑了笑："去吧。我也要吃牛排了。"

此时的栾乔，更像是沈向北喜欢的那个尚禹溪，而自己，倒像是一个残忍的刽子手。

"珊妮医生，你和沈教授到底是怎么回事啊？"邱泽凯突然开口问道。

"老朋友见面而已，没什么新奇的。"尚禹溪说得很轻松，但邱泽凯却明显觉得这件事不那么简单。

沈向北送的红酒，苦涩中带着甜，只是闻一下，就醉了……

沈向北并不是没有质疑珊妮医生的身份，当年，他看着报纸上关于珊妮·S的新闻，那张只有一杯加了浓糖的牛奶拍成的照片引起了他的疑心。

所以，他才会让自己的好朋友纪廉青去打听珊妮医生的消息。他刚刚在利兹入职，并且在医学院做兼职讲师，很多时候是分身乏术的。

他相信纪廉青，认为他一定会给自己带回一个真实的消息。

等了又等，纪廉青却只给他带回了一张酒吧里烂醉如泥的背影，纪廉青肯定地告诉沈向北，这不是尚禹溪，尚禹溪不是珊妮。

他相信了。

于是，这瓶酒成了沈向北送给这个珊妮的唯一的礼物。

不知道过了多久，尚禹溪杯子里面的最后一滴酒也喝尽了，她站了起来，扯着邱泽凯走了出去。

外面灯火阑珊，身后，沈向北和栾乔也走了出来，一路跟在距离她不近不远的地方。

她的酒量向来不好，有的时候，喝一杯就会不省人事，而这一次，她喝了许多，却依然清醒。

她知道沈向北在自己的身后，却没有回头看上一眼。

不知什么时候，沈向北走到了她身边，对邱泽凯说："我住她对面，我送她回去吧！"

邱泽凯赶紧摆手："不！还是我送吧！"

沈向北看着他，说道："你帮我把栾乔送回去吧？她家在哪里你也是知道的！"

邱泽凯原想拒绝，可最后还是同意了。

尚禹溪坐在了沈向北的车里，一路无言。

尚禹溪以为，沈向北会送她回家，可是他却将车子停在了一家婚纱店的门前。

尚禹溪看着沈向北茫然地问道："这里是什么地方？"

沈向北下了车，帮她打开车门。

虽然尚禹溪很犹豫，但还是跟着下了车。

"我来取我定好的东西。"沈向北走进门，对面前的店员说道。

"请问先生是什么时候定的呢？"店员问道。

"四年前的三月二十日。"沈向北肯定地说。

"沈向北先生是吗？"店员抬头看着他问道。

"是的。"沈向北点头。

"您的女朋友回来了？"店员好奇地问道。

"是的。她在那里！"他开心得有些像个孩子，回头看向尚禹溪，激动地说。

"恭喜您，请跟我来。"店员笑了笑，朝里面的房间伸出手去。

尚禹溪犹豫地跟着走进去。

转了个弯后，在一个单独的试衣间里面，摆放着一件全身点缀着钻石的婚纱，婚纱的下面，放着一双鞋子。

这是尚禹溪在杂志上面见到过的东西，她曾经感叹过："真美啊！穿上一定像个公主一样！"

此时，它就摆放在自己的面前。

"小姐，请您试一下婚纱吧。"店员说道。

尚禹溪淡然地摇摇头："不了。"

没等她说完，沈向北已经帮她回答了："麻烦您，帮她试一下吧！"

店员点头，高兴地回答："好的。"

就这样，尚禹溪还没反应过来，就穿上了这身沈向北为她准备的婚纱。

尚禹溪披着华丽得有些刺眼的头纱走了出来，她有种幻觉,似乎这一刻就是他们的婚礼。

沈向北穿好西装后,转过身,就看到了从试衣间里面走出来的尚禹溪。她一步步朝着沈向北走来,好像还是当年那个害羞的小姑娘。

沈向北惊讶得有三分钟都在微微张着嘴巴,好像降临的是这个世界上最美丽的王后。

而自己,此时就是这个世界上的王!

沈向北走到尚禹溪面前,缓缓在她的唇上吻了下去,尚禹溪想躲开,可是,却不由自主地迎合了上去。

沈向北看着尚禹溪认真地问:"如果没有这四年,你会嫁给我吗?"

尚禹溪没有回答,而是看着窗外平静却被月光照得乌黑的海面发呆。

就算没有这四年,他们又能怎么样呢?她不过还是那个尚禹溪,在承受着沈母一句句的讽刺。

尚禹溪笑着朝店员说道:"帮我脱下来吧!"

尚禹溪穿着自己的衣服走出来后,店员认真地问道:"两位的婚期定在了什么时候?礼服是要今天提走吗?"

尚禹溪摇了摇头:"不!这礼服还是放在这里吧!等沈先生真正的妻子来取。"

店员诧异地看着他们。

从里面走出来的沈向北听到了尚禹溪的话,眸子里的伤感让尚禹溪觉得，淹没了自己的整个世界。

回去的路上，沈向北突然开口说道："我已经康复了，现在能见见你那位丈夫吗？"

尚禹溪顿时一愣，她已经完全忘记了这件事情，她以为，沈向北只是随便说说。

"可以。改天吧。"尚禹溪犹豫着说道。

"就明天吧。明天晚上下班后，我在利兹附近的咖啡厅等你们。"沈向北笑了笑说道。

尚禹溪看着他，最终也还是点了点头。

他不见到克莱尔，也是不会安心的。

尚禹溪给克莱尔打去电话的时候，克莱尔有些惊讶，但还是高兴地对尚禹溪说："珊妮，你怎么有空给我打电话？"

尚禹溪赶紧说了她和沈向北约定的事情，克莱尔毫不犹豫地说："好的，正巧我也想要找你。"

就这样定下了第二天的行程。

自从处理了邱总家的事情，似乎他家里平静了不少，邱姑姑有时候会来医院照顾邱总，而邱夫人则是日夜不离地守在医院。

因为有了之前的事情，他们对尚禹溪都非常友善，尚禹溪也少了许多麻烦。

　　刚回到医院，尚禹溪就听说齐院长的表弟醒了过来。

　　尚禹溪赶紧上了楼，她走在楼梯上，只感觉自己的脚下软绵绵的，想来，应该是宿醉的结果。

　　"怎么样了?"走到病房门口，尚禹溪问身边的护士。

　　"病人醒过来都还好，只是说自己的一根手指不太灵便。珊妮医生，你要小心了，齐院长恐怕会找你的麻烦。"护士很小心地提醒尚禹溪。

　　尚禹溪赶紧朝她笑笑:"谢谢你，我知道了。"

　　走进病房，果然就看到齐院长朝自己冲了过来:"珊妮医生，你不是说没事的吗?我表弟的手指现在没有知觉了!"

　　尚禹溪若无其事地朝着患者走过去:"哪一根?"

　　患者茫然地抬起右手食指，然后挥了挥。

　　尚禹溪用手轻轻捏了一下，问道:"有感觉吗?"

　　家属都紧张地看着病人，病人缓缓地回答:"嗯。"

　　尚禹溪转身看着齐院长，一言不发。

　　齐院长补充道:"就算是有知觉，可是动起来比较吃力啊。"

　　尚禹溪看着齐院长，认真地说:"这是正常现象。"

　　"正常的现象?你手术后，我表弟手指不灵活了，这是正常现象?我看国外的医疗水平也就那样!"齐院长讽刺地说道。

　　尚禹溪看着他，笑笑:"可能齐院长很久没有进过病房了，手术后，患者的手指会夹上脉氧检测系统，任谁夹上一天，手指都会有些麻木感，这是正常现象。"

"是啊！那个夹子才刚刚拿掉。"表弟的妻子犹豫了一下，说道。

"呃……"齐院长有些失语："可是我表弟的右腿也动不了了！"

尚禹溪还是平静地对他说道："那是因为您表弟在发生车祸的时候，右腿骨折，这不是我能治疗的范围。院长，您可以找骨科医生来仔细询问一下解决的办法。"

齐院长听到尚禹溪的话，有些尴尬："好。"说完，转身走出去，一把甩上了门。

尚禹溪站在那里，等齐院长走出去后，这才走到患者身边："您现在有觉得哪里不舒服吗？头晕的程度怎么样？"

患者撑着说道："还好。"

尚禹溪点点头："您的伤口愈合得不错，好好休息几天，就可以下地了。"

患者的妻子赶紧走过来："不好意思啊，珊妮医生，我表哥比较性急，脾气也不太好，您不要在意。"

尚禹溪赶紧点点头："你们放心好了，治病救人是我的职责，我不会放在心上的。"

"您真是个好医生啊，要不是您，我老公就……"患者的妻子一脸感激。

尚禹溪赶紧安慰道："以病人的状况，以后就不要再开车了，家属要时刻提醒他，不要把任何事情放在心上。"

妻子赶紧点头："是啊，我老公和齐院长性格很像，比较性急，就是因为这个，才出了车祸的。"

尚禹溪没说话，向家属示意了一下，就走出了病房。

烧伤的病人已经陆续转到了楼下，邱总所在的楼层恢复以往的清静。

"邱总，您找我？"刚回到值班室，尚禹溪就看到邱总那边指定叫自己过去，于是带上了听诊器，朝着病房走过去。

邱总此时正坐在沙发上，陪护的家属也都不知道去了哪里。

"珊妮啊，你来了？看来我还有一件事情要麻烦你了。"邱总看着尚禹溪，不好意思地说。

"好的，您说。"尚禹溪点了点头，说道。

"是这样的。我的大儿媳，想必你也已经知道了，她不是我儿子的原配，小凯也比较抵触她。"邱总看着尚禹溪缓缓地说。

"是啊，这个我听说了。"尚禹溪应了一声。

"我能不能请你劝劝小凯，让他对这个妈妈好一点儿。毕竟，前一阵子，莫文受了委屈。"邱总蹙眉，表情有些为难。

"这个……"尚禹溪犹豫地说："您的家事，我真的不便参与。"

"我明白……我明白……你也知道小凯的性子，我去对他说，他也只会嘴上答应我，可实际行动，还是老样子！"邱总犹豫了一下："但我想，如果你能帮我劝劝他，或许会好一点儿。这个孩子的性格，在他母亲失踪后就变得比较低沉，似乎什么事情都藏在心里。"

尚禹溪没说话，继续听着。

"我想，要是你能开导开导他，或许他就变好了呢！"邱总的话让尚禹溪觉得有些莫名其妙。

"好，那我试试吧！"尚禹溪点点头，然后环顾四周问道："邱总，这里陪护您的家属呢？"

"我让他们都回去了，莫文刚刚得知怀了孩子，你也知道，老来得子不容易……"邱总叹了口气，说道。

"邱夫人怀孕了？"

"是啊！她嫁进我们邱家这么久，还是第一次有这种好消息。"邱总说着，可是表情却没有那么喜悦："所以，我就让小凯的姑姑去照顾她了。"

尚禹溪点点头："那邱少爷呢？"

"他带着小雨出去玩了。"邱总愣了一下，说道。

"好，那我等他回来就劝劝他。"尚禹溪明白邱总的意思，不过是想要让邱泽凯接受邱夫人，然后一家和睦罢了。

可是，邱泽凯那种富家大少爷，怎么可能会听自己的话？

想到这儿，尚禹溪犯了难。

在值班室无所事事，到了下午，邱泽凯这才抱着小雨从外面回来，小雨的手里不乏零食和玩具。

"你们去哪里了？"尚禹溪扫了邱泽凯一眼问道。

"游乐……"小雨稚嫩地说道。

"游乐场。"邱泽凯补充道："小雨喜欢旋转木马，我就带她去了。"

尚禹溪笑了笑："谢谢你。"

"客气什么啊？我这可是为了讨你的欢心。"邱泽凯朝尚禹溪挤眼睛。

"对了，我有件事情想要和你谈谈。"尚禹溪最终还是对邱泽凯说道。

"肯定是我爷爷让你谈的。"邱泽凯表情明显暗淡了下来："如果是这样的话，你就不用说了。"

尚禹溪看着他，缓缓地说："是我想说的。"

"什么？"邱泽凯抬头问道。

"我想让你今天晚上帮我带小雨。"尚禹溪想了想，缓缓地说。

他突然抬起头，看着尚禹溪问道："怎么了？你要做什么？"

"我约了人，突然了一些，你有时间吗？"

"虽然我还是想去酒吧陪美女们痛饮三杯，但念在你难得求我的份儿上，我还是去陪我的小雨美女吧！"说着，邱泽凯走到小雨面前，小雨就嘻嘻地笑着。

"谢谢。"尚禹溪平淡无味地说道。

"不过，你要告诉我，你约了谁？"邱泽凯看着尚禹溪，好奇地问道。

尚禹溪愣了一下，然后耸耸肩："我老公和沈教授。"

邱泽凯嬉皮笑脸地对她说："既然前男友和现任老公都在，那我这个'现任男友'和你的女儿，你也一起带着算了。"

尚禹溪狠狠地白了他一眼。

Chapter 8
沈向北决定再续前缘

晚上，街边的咖啡厅，尚禹溪和克莱尔并肩坐在沈向北的对面，这大概是最尴尬的一次见面。

"常听珊妮提起您，沈教授果然一表人才。"克莱尔看着沈向北，用他并不流利的中文说道。

"我也常听欣儿提起你。"沈向北几乎没有抬头，表情异常平静地说道。

尚禹溪以为自己听错了，抬起头问道："你说什么？"

沈向北看着尚禹溪，然后笑了笑："想不到，你丈夫竟然是欣儿的朋友，这还真是巧啊！"

沈向北一脸的无所谓，但尚禹溪却明白了什么。

她转头看着身边一脸尴尬的克莱尔，认真地问："你真的是郑欣儿的朋友？"

克莱尔继续用他不标准的发音说道："珊妮，这是一个误会。我没有见过眼前这位。"

尚禹溪看着克莱尔，只觉得，这些年，她自己真的一直都是一个傻子。

"克莱尔先生，恐怕你忘记了，在欣儿十四岁的生日宴会上，是你将一整杯红酒洒在了我的衣服上。"沈向北平静地反驳着他的话。

"你是沈向北？"克莱尔有些诧异，虽然眼前的这位看起来非常面熟，可他也只是以为，这仅仅是面熟而已。

"是啊！我还记得当时，克莱尔先生是因为欣儿邀请我陪她一起切蛋糕，才会故意将红酒洒在我身上的。那个时候，我们都没到喝酒的年纪，你这样做，不过就是因为你喜欢欣儿而已。"沈向北看着克莱尔笑了笑。

尚禹溪看着克莱尔，不知道该将这次的谈话如何进行下去，似乎她说任何一句话，都像一个被骗得团团转的小丑，在给自己找最后的一丝心理安慰。

克莱尔看着尚禹溪，也只是淡然地说了一句："对不起。"

沈向北突然起身，看着他们说道："你们自己谈谈吧！我还有事，先告辞了。"

他约他们来这里，不过是想要撕开这个伤口，他什么都知道了，只是不屑于说罢了。

沈向北走后，尚禹溪和克莱尔面对面坐在那里，过了很久，克莱尔才对尚禹溪说道："珊妮，对不起，这件事情……"

尚禹溪赶紧摇摇头："不！我还是很感谢你，也是你的帮忙，让我在国外度过了相安无事的那几年。"

克莱尔看着尚禹溪，犹豫着说："珊妮，其实我今天来，是有一件事情想要对你说。"

尚禹溪抬起头，然后看着他笑了笑："说吧。"

克莱尔犹豫了一下，说道："是这样的。几天前，欣儿答应了我的追求，我想，我们是不是能够……"

尚禹溪依然平静地笑着："离婚是吗？可以，完全没有问题。"

克莱尔惊喜地看着她："真的感谢你为我做的一切，我非常抱歉，当时没有将一切向你坦白。"

尚禹溪笑了笑："都过去了。"

这句话说得简单，可其中包含着多少沉重。许久，克莱尔走后，尚禹溪一个人坐在咖啡厅里，有一种被打垮的感觉。

沈向北突然走过来，坐在了她的面前："小溪，你看不出来吗？其实我们才是天造地设的一对！"

尚禹溪看着他："天造地设的一对？"

沈向北看着尚禹溪无比真诚地说："我们现在，相当于没有过失去的那四年，重新开始好吗？"

尚禹溪愣了一下，还是摇摇头："可毕竟四年已经过去了。"

尚禹溪去接小雨的时候，才知道邱夫人从楼梯上摔下来的消息。

尚禹溪赶紧赶去了医院，就得到了一个不幸的消息，这个邱家还未出生的孩子没有了。

尚禹溪走进病房后，邱姑姑搀扶着邱总坐在那里，表情都非常的严肃，而邱先生站在病床边，看上去有些憔悴。

她四下看了一眼，就看到邱泽凯坐在一个角落里，抱着小雨一言不发。

刚走进病房，邱夫人就朝着尚禹溪大叫："我就知道你对我们家没安什么好心！"

尚禹溪被她突如其来的谩骂吓了一跳，开口问道："发生了什么事情？"

邱先生朝着尚禹溪走过来，表情很严肃："你女儿把零食倒在了楼梯上，导致莫文摔了下去。"

尚禹溪一时有些回不过神，看着一边的邱泽凯说不出话来。

"这……小雨肯定不是故意的！"尚禹溪赶紧辩解道。

邱夫人支撑着起身，对着尚禹溪指责道："谁家孩子犯了错，家人会说她是故意的？我告诉你，你那点儿心思我了解，不就是想要嫁入豪门吗？"

听到这话，尚禹溪只觉得一阵恼火，而身边的小雨则开始哭闹不止。

尚禹溪赶紧走过去，从邱泽凯的怀里接过小雨："这件事情是怎么发生的我不知道，但我只能说，这么小的孩子，肯定不会是故意的！"

"你知道我肚子里怀的，可是我们邱家的孙子吗？你能付得起这个责任吗？"邱夫人声音冰冷了下来。

邱泽凯突然起身大声地说："住口！是我抱着小雨回去的！有什么事，你冲我来好了！"

邱夫人看着邱泽凯，大声地说："不要以为你是邱家的孙子，我就不能拿你怎么样。"

就在这个时候，邱先生一把拍在了身边的扶手上，死死地盯着邱夫人说："我看谁敢拿小凯怎么样！"

邱夫人声音立刻就弱了下去，但还是在一边鬼哭狼嚎般地叫着。

尚禹溪想了想，就牵着小雨走了过去："这件事情，我来负责，邱夫人对我有什么不满，不要连累其他人，冲我来就好了。"

邱夫人还是哭闹着，身边的邱总突然起身，对尚禹溪说道："珊妮医生，你先带着小雨出去吧，这里的事情由我来解决。"

尚禹溪还想说什么，却被邱总制止了："去吧！小凯，送珊妮医生出去。"

尚禹溪只好抱着小雨走了出去，刚出门，她就急忙问道："到底发生了什么事？为什么邱夫人会摔下楼梯呢？"

"路上小雨想吃零食，我就给她买了一袋，谁知道在家里的时候，零食洒在了楼梯上，我正要去叫秋姨清扫，她就出来了，然后一脚踏空摔了下去。"邱泽凯皱着眉，一脸无奈地说。

"真的是因为小雨的零食，邱夫人才摔下去的吗？"尚禹溪还是很犹豫地问道。

"当时我去找秋姨了，回来后她已经摔下去了，我真的没看清楚。"邱泽凯想了想，摇摇头。

尚禹溪点点头："好的，我知道了。你先进去吧。有什么事情及时告诉我。"

邱泽凯点点头，转身走了进去。

这对于邱家来说，又是一件大事！尚禹溪想到这儿，就觉得心慌。这邱夫人，确实不是一个好惹的角色。

刚回到值班室，尚禹溪就听说齐院长叫自己去办公室。

尚禹溪想，这真是一波未平一波又起，就将小雨交给西蒙医生，然后快步朝着齐院长的办公室走去。

因为已经是半夜了，邱家又发生了这样的事情，尚禹溪心里明白，这一定是齐院长想要借题发挥。

走进办公室后，齐院长破天荒摆着一张笑脸："珊妮医生，你来了？"

尚禹溪尴尬地笑笑："听说院长找我？不知道是什么事呢？"

齐院长笑了笑，走到一边的沙发上坐下来："珊妮医生啊！想必你也听说了，你领养的女儿间接害死了邱夫人的孩子，这件事，邱夫人已经向我投诉了。"

尚禹溪愣了一下："投诉？"

"是啊！她说你上班带着孩子，还总是将孩子送到病人家属那里代为照顾，对吧？"齐院长声音虽然平静，可看得出他的不满。

尚禹溪点点头："是有这回事。"

齐院长突然用力拍了一下沙发的扶手："说得么理所应当？我告诉你，这次要是邱家追究下来，我一定让你吃不了兜着走。"

事到如今，尚禹溪倒是觉得已经无所谓了，如果能让她回美国，或许更好。她笑了笑，说道："好！"

齐院长还想发火，可眼看尚禹溪没有半点怒色，自己的火气也得不到宣泄，就只好作罢。

尚禹溪见他没有说话，就淡定地说道："还请齐院长代替我向栾院长请辞，我申请回美国。当然，邱夫人的医药费和精神损失费我都会负责。"

"负责？你知道邱家是个多大的企业吗？邱夫人千金之躯，你付得起吗？"齐院长冷冷地说："我会向栾院长说的，你这种医生，也没资格留在我们利兹了。"

尚禹溪微微鞠躬，然后走出了齐院长的办公室，回到了值班室，工工整整地写下了一封辞职信。

虽然是临时调配到这里，但尚禹溪也算是利兹的一员，自然，离开也要正式一些。

写完后，尚禹溪就将信交给了米娜，嘱咐她第二天一定要交给栾院长。

接着，她整理好了自己的桌子，镇定地抱着小雨走了出去。

尚禹溪走到邱夫人的病房，递进去一封信，并且留下了一串号码，这是她在国外家里的固定电话，告诉她，如果需要，就用这个号码来找她。

"你好，我要订两张明天飞美国的机票。"尚禹溪看着窗外一片漆黑。

小雨哭累了靠着自己的肩膀睡熟了，尚禹溪订了两张机票后，缓缓地呼了一口气，她或许和这个地方气场不合，还是走吧！

回到公寓，沈向北似乎一夜未归，她本想和他告别的，毕竟上一次的不告而别真的让她觉得有些可惜，没想到的是，这次竟然重蹈覆辙了。

她看着对面漆黑的窗子，突然想起了他们的一次野营。

本来，尚禹溪是不想去的，因为野营需要很多费用，这对于尚禹溪来说，是一笔不小的开支。

可就在她要将自己的名字勾掉的时候，却被沈向北制止了，他说："这次是我们第一次旅行哟！你就舍得抛弃我？"

尚禹溪没说话，低头看着那张纸上面赤红色的一行数字，然后摇摇头："我不想去。"

沈向北朝她笑："这次我和你是免费的！"

尚禹溪睁大了眼睛，问道："为什么？"

"因为最近表现好，所以医院给减免了！"沈向北摆出一副高傲的样子，尚禹溪知道，这是他在逗自己笑。

野营的状况，似乎和尚禹溪理想的样子相差甚远，沈向北去给尚禹溪拿吃的的时候，突然有个女生走过来，抢走了她手里沈向北的手机，尚禹溪赶紧跑过去追。

就在这个时候，那个女孩自己跳进了湖里。

尚禹溪还没反应过来，就看到女孩从湖里爬上来，指着尚禹溪质问："你为什么推我？你想杀了我吗？"

尚禹溪愣了一下，摇头说道："我没有……"

听到她们的声音后，许多人围了过来，大家一致指责尚禹溪："你为什么推她？你也太坏了！"

"是想抢人家的东西吧！"

"估计是的！连野营的费用都得沈少爷出钱，这人也是够不要脸了。"

尚禹溪不停地辩解："我没有……"

可大家都选择去相信那个有着显赫身家的女孩，不会相信她这个连野营的钱都出不起的穷人。

这或许就是差别。

直到沈向北回来，他们才唯唯诺诺地退到了一边，此时尚禹溪的衣服已经被那些围观的人扯坏了，脸上也挂着泪水，沈向北看着她，心疼地问："发生什么事了？"

尚禹溪捡起地上已经摔得散架的手机，递给沈向北，她看着他，像一只受了惊的小鹿："不是我……"

沈向北甚至连原因都没有问，就肯定地回答："我相信你……"

这句话，也成为了那个时候的尚禹溪唯一一根能抓住的救命稻草。

第二天一早，尚禹溪就收拾好了行李，抱起小雨朝着机场走去。

她知道，这么一走，会有很多人说自己是畏罪潜逃，或者怕背负责任，可尚禹溪觉得，也就只有这么一个办法，能让她觉得舒服一点儿了。

小雨好奇地看着尚禹溪问道："我们去哪里呀？"

尚禹溪笑了笑："一个遥远的地方。在那里就不会有人欺负我们小雨了。"

小雨似懂非懂地点点头，坐在一边摆弄着手里的玩具，尚禹溪则在百无聊赖地翻看报纸。

距离登机的时间只有十五分钟的时候，突然，她被一只手紧紧地捉住了手腕。

心里有一千个声音在告诉她，这个人是沈向北，这个人一定是沈向北……

缓缓回头后，她就感觉到了天大的落差，她看着邱泽凯，有些失望地问道："你怎么在这里？"

"你该不会是想这么离开吧？"邱泽凯看着尚禹溪认真地问。

"那我还应该怎么离开？"尚禹溪坦然地笑了笑，她踩着超细跟的恨天高微微向后移了一下。

"你就愿意小雨受了这么大的委屈后默默离开？"邱泽凯一脸诧异地看着她。

机场的广播里重复着登机的消息，尚禹溪有些着急地回头看着他："再见。"

邱泽凯则是紧紧地拉着她不肯松开手。

他的眸子锁定在尚禹溪的眼睛上，一字一顿地说："我不让你走！"

尚禹溪摇摇头："请转告邱夫人，有需要我补偿的地方，我一定会补偿的。"

邱泽凯突然一把将尚禹溪揽进了怀里，死死地抱着她。

机场的广播里一遍遍地重复着："乘客珊妮·S请尽快登机。"

尚禹溪试图推开他，却发现一点儿用都没有，他的力气足以将尚禹溪牢牢锁住。

就在这个时候，沈向北的声音突然在耳边响起："小溪……"

尚禹溪微微侧过头，就看到沈向北痛苦地看着自己。

最终她还是错过了航班，沈向北看到尚禹溪后，愣了一秒，然后迅速冲到了邱泽凯面前，用力将他们分开，平静地站在尚禹溪的面前。

"她将是我的妻子，请你不要再招惹她。"沈向北看着邱泽凯，缓缓地说。

邱泽凯突然笑了笑："你的妻子？那也要看看我们珊妮医生愿不愿意和你在一起。"

沈向北站在尚禹溪的面前，等着她肯定的回答，尚禹溪愣了一下，异常镇定地摇了摇头。

不愿意！

邱泽凯耸耸肩："那不好意思了沈少爷，我要带着珊妮医生离开了。"

说完，尚禹溪就被邱泽凯带出了机场，沈向北像被施了魔法一样，一动不动地站在那里。

"你到底要干什么？"走出机场后，尚禹溪才死死地盯着邱泽凯问。

"我不能让你就这样离开啊！更何况，这件事情已经结束了，等你回到利兹就知道了。"邱泽凯说着，将尚禹溪带上车，尚禹溪透过车窗看到沈向北失魂落魄地走出来，上了一辆黑色的商务车。

尚禹溪回到利兹的时候，已经快到午餐时间了，她在楼下给小雨买了一个汉堡，然后带着她上了楼。

"珊妮医生，您回来真的是太好了！栾院长正在会议室等您。"刚上楼，就看到米娜急急忙忙跑到她的身边说道。

"好。"尚禹溪犹豫了一下，就抱着小雨来到了会议室。

会议室里，两位院长分坐在桌子两边，齐院长身边坐着邱先生，让尚禹溪没有想到的是，沈向北的妈妈竟然也坐在里面，面色凝重，不知在想什么。

尚禹溪缓缓地抱着小雨走过去，站在一边。

最先开口的是齐院长，他看着尚禹溪说道："珊妮医生，无论你在国际上名声有多大，也不应该不打招呼就离开吧！"

尚禹溪没有说话。

栾院长看着齐院长，缓缓从口袋里拿出了一封辞职信："她已经打过招呼了，珊妮医生的辞职信在这里。"

正在大家争论不休的时候，沈夫人突然起身，走到了尚禹溪的面前，小雨猝不及防地喊出一声"奶奶"！

尚禹溪愣了一下，轻轻拍了拍小雨的背脊。

"尚小姐，午餐你就给孩子吃这个？"沈夫人表情凝重地对尚禹溪说道。

尚禹溪看着她，没有说话，而是将小雨放在了地上。

"去给这孩子买午餐。"沈夫人对身边的助理说道，然后随手接过了小雨手里的汉堡，放在了一边。

"珊妮医生，你倒是说说，你想怎么样啊？"齐院长突然对尚禹溪说道。

尚禹溪缓缓将小雨揽到了身边，对着面前的两位院长说道："对于我女儿给邱夫人造成的伤害，我只能说一声抱歉，如果邱夫人要求我赔偿，我也愿意。只是，我希望现在就能带我的女儿回到美国。"

听到这里，齐院长赶紧点点头："可以！既然这样，我就如你所愿！"

尚禹溪刚要点头就听到沈夫人坚决的声音："不行！"

齐院长起身问道："沈夫人？您说什么？"

沈夫人优雅地转过身，走到邱先生面前说道："您的夫人是高龄产妇，年龄大到可以当奶奶了，这种情况，我们通常会建议产妇卧床休息，而您的夫人心高气傲，一定要走路，因此造成了危险，这是你们家属以及产妇需要承担的。"

邱先生看着沈夫人没有说话，尚禹溪很诧异，沈夫人为什么会突然转变，反而帮助自己。

"你们可以怪罪母亲没有将孩子看好，但你不能去责怪这个小孩子，也不能侮辱一个医生的职责！"沈夫人指了指尚禹溪说道。

"我赞成沈夫人的说法。"栾院长起身说道。

尚禹溪诧异地看着沈夫人，向前走了一步："请容我说一句可以吗？现在邱总的病情已经稳定了，至于我，也该回到我原本的生活中去，请各位允许我回美国吧！"

栾院长刚要开口，沈夫人抢先一步对尚禹溪说道："你难道就准备这样灰溜溜地回到美国吗？"

尚禹溪看着沈夫人："这不也是您希望的吗？"

"我现在不这么觉得了。尚小姐，你如果想证明你自己，最好还是留下来。"说完，沈夫人回到座位坐了下来。

门外，去帮小雨买午餐的助理回来了，将午餐递给了小雨。沈夫人和蔼地笑了笑："把她带到这里来，坐下吃。"

尚禹溪心里一阵忐忑，沈夫人这些不正常的举动，让尚禹溪有些不知所措。

正在这个时候，邱先生无辜地说道："当时是医生说可以回家，我们才回去的！"

沈夫人目光凛冽："我从医三十年，现在也担任医院的院长，难道你觉得我的话是天方夜谭吗？"

沈夫人将头转向齐院长，认真地问："我也是利兹的股东之一，我的言论在利兹是有一定权威性的吧？"

齐院长赶紧点头："是，是！"

"那这件事就这样过去了。邱先生，您夫人的事情我感到很难过，但如果您有继续追讨损失的想法，请来沈家找我。"

沈夫人看了一眼邱先生，笑了笑说道。

正在这个时候，突然有人敲门，沈向北走了进来，当他看到沈夫人时，明显愣了一下："妈，您怎么在这里？"

"我来找栾院长，正巧栾院长说有事，我就过来看看。"沈夫人愣了一下，然后话锋一转，温文尔雅地说道。

"哦。"沈向北顿了顿，又看了看尚禹溪。

"既然这样的话，那珊妮医生，你还是先留在利兹吧。等邱总完全康复了，再离开也不迟啊。"栾院长开口缓缓地说道。

正在这个时候，突然有几个护士闯了进来，径自跑到栾院长面前说道："院长，不好了，金医生前几天做手术的那个病人，颅内压突然升高，现在生命垂危！"

金医生是这个医院里年纪比较大的一位外科医生，说起来，算得上是尚禹溪的前辈了，这次在给一个病人做心脏支架手术之后，患者竟然出现了颅内压升高的状况。

"珊妮医生，沈教授，你们快去住院部看一下，我们随后就到。"栾院长听到这个消息，第一时间就对尚禹溪和沈向北说道。

尚禹溪看了看正在吃午餐的小雨，犹豫了一下，沈夫人突然开口："你们快去吧，我在这里照顾她。"

尚禹溪想了想，点了下头。

住院部的情况，远比尚禹溪所想象的糟糕，病人由于颅内压突然增高，一度头痛欲裂，在扭动身体的时候，手臂上支架手术后留下的伤口也被撕裂开来，静脉里面的血液不断外涌。

尚禹溪看着这个病人，也有些束手无策，但沈向北却似乎很镇定："注射安定。"

尚禹溪看着沈向北问道："是怎么一回事？常理来说，这两个病症的联系不大。"

沈向北想了想，依然很镇定地说："先将病人送去手术室吧！请心脑血管科室的各位专家来会诊。"

听到沈向北的话，身边的护士起身跑了出去。

尚禹溪看到病人的脸似乎有些不太正常："这病人的嘴唇为什么乌黑了？"

沈向北看着病人，然后仔细检查了一下："没有窒息的可能。"

尚禹溪极力让自己镇定下来，亲自去检查病人的生命体征："病人有没有什么过敏史？"

护士摇头："没有。这个病人一个小时前，还很正常。"

沈向北突然明白了什么，问道："一个小时前，病人注射过什么药物吗？或者吃过什么不寻常的东西？"

护士点点头："一个小时前，药局送来了病人今天的注射用药，半小时前给病人注射的，其他的东西没有食用过，下午的时候，病人只喝过一杯水。"

沈向北点点头："去查一下今天药局都送的什么药物。"

护士点了点头，就快步离开了。

尚禹溪看着沈向北，也明白了他所想的是什么……

"病人生命体征下降，准备复苏！"尚禹溪突然监测到病人的心率明显下降，就对身边的护士说道。

"小溪，四十三！"沈向北突然说道。

尚禹溪愣了一下，然后果断接："三十八！"

沈向北没有抬头："准备复苏。"

尚禹溪从没有觉得，她和沈向北的这种默契，在过了这么多年后还是如此。在医院的时候，一次能力测试，沈向北也是这样对着尚禹溪说话。

他们能通过眼神交流，甚至可以免去一切的语言。每次念到心率的时候，沈向北都是先叫一声她的名字，然后再念出数字。

沈向北说，这样的话，一向对患者拼命的尚禹溪，才能将注意力集中在他的身上。

所以，以前走路的时候，沈向北也总会突然开口对尚禹溪说："小溪！六十！"

尚禹溪会吓一跳，然后会将目光落在他的身上。

沈向北说，这种默契，是只有他俩才有的。

后来，尚禹溪到了国外，和斯蒂芬医生一起进行手术的时候，她也会一阵恍惚，然后喊出："五十八！"

大家都会用奇怪的目光看着她，而那个温柔回应她的声音，却消失不见了。

心脏复苏结束后，护士也带着今天的用药单从药局回来了，沈向北拿起药单，认真地看了一会儿，微微蹙起眉："院里的消炎药为什么突然换掉了？"

尚禹溪愣了一下，走过去，看到了那个单子。的确，前一天的药单上，还明确地写着消炎药的牌子普密斯，而今天，就换成了卡盟。

尚禹溪愣了一下，意识到了事情的严重性，于是赶紧对身边的护士说道："给病人做一下透析，暂时不要用消炎药。"

因为刚刚进行完心脏支架手术，所以，尚禹溪也不敢贸然给他洗胃，只好用了一个较为保险的方法。

病人正在做透析的时候，沈向北突然走出了手术室，门口，栾院长和齐院长以及几位专家正在会诊，看到沈向北出来，就认真地问："怎么样了？沈教授，找到病人的发病原因了吗？"

沈向北点了点头："病人现在处于一种中毒的状态。我和珊妮医生检查过病人今天的药单，发现我们医院本应该使用的普密斯消炎药被换成了卡盟，这才是导致病人发病的原因。"

栾院长接过他手里的单子，认真地看："这个卡盟不是前段时间被我们拒绝的那家药厂吗？"

沈向北点了点头："是的。当时我们发现这家药厂的药物治疗效果不佳，而且很多有害的元素超标，于是我们就拒绝了这家药厂。"

栾院长睁大了眼睛，吃惊地问道："那这家药厂的药物，为什么会出现在我们院里？"

沈向北摇摇头，然后紧张地说道："现在，首要的任务是将药局今天出单的所有卡盟厂家的药品都换回，要不然，会有更多的病人出现状况。"

栾院长赶紧点头："对……对……快去，通知院里所有的医护人员，卡盟的药物不要用，都换成之前的！"

尚禹溪见病人的情况稳定了下来，就从手术室走了出来，正巧听到了这件事。

此时，又有护士跑了进来："三楼有位病人也出现了颅内压升高的症状。"

"院长，不好了，二楼有位病人颅内压升高！"

接连不断的好几个病人，让大家都有些束手无策。齐院长不知道什么时候离开了，而尚禹溪则意识到了一个最重要的问题……

脑部手术的病人，如果真的发生了问题，将会是最严重的。

尚禹溪赶紧走过去对栾院长说道："我先去病房看看刚刚手术后的病人，这些病人都比较危险！这里，沈教授来应付！"

沈向北点了点头，说道："有问题及时找我！"

尚禹溪点点头，快步走了出去。

　　心脑血管科室目前最严重的一位应该是齐院长的表弟了，因为齐院长的特权，他表弟永远是每天第一个注射药物的病人，也正是因为这样的特权，在尚禹溪赶到病房的时候，齐院长表弟已经陷入了深度昏迷。

　　尚禹溪为了节省时间，赶紧叫护士将他推到了急诊室，可是，由于家属不在，发现的时间又太晚，没等大家救治，他的生命体征就已经消失了。

　　尚禹溪看着这一切完全呆住了，这还是她从业以来第一次遇到这种情况。

　　抢救工作结束后，尚禹溪这才回到了手术室，刚走到手术室，就听到栾院长在问沈向北："病人的情况都怎么样了？"

　　沈向北叹了口气说道："目前所有的病人都已经诊治结束，唯独齐院长的表弟……"

　　栾院长愣了一下，回头问道："齐院长人呢？快把他请过来！"

　　尚禹溪赶紧走过去，对栾院长说道："院长，齐院长会不会……"

　　栾院长在一边的位子坐下来，满脸怒气地说："不会！这件事情是因他而起！"

　　找到齐院长的时候，他正坐在办公室喝着刚刚泡好的咖啡，他似乎还不知道他表弟去世的消息。

　　走进来后，齐院长笑呵呵地看着栾院长："怎么样？都解决完了吧？"

栾院长很长一段时间没有说话，尚禹溪悄悄看了沈向北一眼，发现他的表情异常凝重。

"解决？你知不知道，你惹出了多大的麻烦啊！"栾院长将手里的进货单子摔在了齐院长的面前。

"老栾啊，我这也是为了医院好啊！这些药不过就是见效慢了一点儿而已嘛，病人不会有事的！"齐院长笑嘻嘻地说，表情很淡定。

栾院长看着他，一脸怒气地说道："你知不知道，这家的药，里面配比不均匀，很多都是掺假的药啊！刚刚得到消息，你的表弟没有抢救过来，已经被这个假药害死了。"

听到栾院长的话，齐院长完全愣住了，手里的杯子"铛"地一声掉在了地上，摔得粉碎。

他突然回头死死地看着尚禹溪说道："不！我表弟的死，跟药物没有关系。是你！是你没有把他治好！"

沈向北摇了摇头："不是的！齐院长，您表弟再过三天就可以走路了，事实证明，他恢复得很好，确实是因为这个药物中毒离世的。"

栾院长看着齐院长，痛心疾首地说道："老齐啊！你怎么这么糊涂呢？"

齐院长似乎还是不敢相信，但后一秒，却满脸泪痕地对栾院长说道："老栾啊！我这么做可都是为了我们医院啊！如果我们减少了药物的开支，就能带来更大的利益！"

"利益利益利益！你就知道利益！你知不知道，因为你的利欲熏心，有多少人会像你表弟一样付出生命啊！"栾院长痛心疾首地看着他，指着门外的病房方向说道。

"我不管，我这么做都是为了我们院里好！我不管！"齐院长说了几句，突然指着栾院长说道："好啊！栾院长，是不是你陷害我的？你气我和你平起平坐，所以才找人来陷害我的！"

听了齐院长的话，栾院长一脸失望地说："老齐啊！事到如今，你还要这样狡辩下去吗？"

齐院长还要说什么，就听到沈向北说："齐院长，我还记得您表弟登记的信息，他就是卡盟药业的董事长，对吧？"

齐院长愣了一下，对沈向北说："是你们沈家害我们是不是？你想让我们医院身败名裂，要不然，为什么你宁可来这里，也不去沈家的医院？"

沈向北看了尚禹溪一眼，继续说道："我母亲也是利兹的股东，我陷害你，对我们沈家有什么好处？"

栾院长睁大了眼睛，难以置信："齐院长，他说的是不是真的？你表弟真的是卡盟药业的董事长？"

尚禹溪也着实吃了一惊，看着这充满戏剧性的一幕。

"是啊！可是我没有想到会发生这样的事！"齐院长沉默了一下说道。

"没想到？你都不考察一下，就直接用了卡盟的药，你知不知道如果长此以往，利兹的声誉就没了！"栾院长大声说道。

"我也是为了利兹啊！卡盟给的药价很低，能解决大部分病人看不起病的问题。"齐院长又开始狡辩道。

"你知不知道，这些药对于病人的病情，见效太慢，有的病人会因此错过了救治的最佳时机。"栾院长说完，就叹了口气："沈教授，请你去通知院里的各位董事吧。我们要召开董事会。"

齐院长没有说话，而是全身瘫软在了一边的椅子里。

尚禹溪看着沈向北走出去，才对大家说道："我去病房再检查一遍。"

栾院长皱着眉头点了点头。

尚禹溪出来后，就快步走到了会议室，小雨和沈夫人在一起，她还是有些不放心。

Chapter 9
沈夫人极力争夺小雨抚养权

"珊妮医生，会议室已经没有人了，您来这里做什么？"米娜和几个医生正站在门口，看到尚禹溪走过去，赶紧说道。

"什么？那沈夫人呢？"尚禹溪愣了一下，朝里面张望着。

"你们走后，沈夫人就带着小雨离开了。"米娜仔细回忆道。

"她们去哪里了？"尚禹溪焦急地问道。

"不知道，我还以为是您允许的，所以就没有追问。"米娜一脸的抱歉。

尚禹溪赶紧朝她笑笑："没关系，我去找找。"

刚走出利兹，尚禹溪就觉得自己的心脏紧紧地揪在了一起，她不知道沈夫人带着小雨去了哪里，可这样的情况让尚禹溪觉得异常紧张。

　　最坏的事情，不过是沈夫人逼自己离开，可刚刚的事情又让尚禹溪觉得有些诧异，沈夫人到底要做什么呢？

　　尚禹溪在利兹门前的公园里转了一圈，还是没有发现沈夫人的身影，于是就快速回到了利兹。

　　栾院长要召开董事会议，很明显，作为利兹股东之一的沈夫人也是会出席的。

　　四楼的会议室，此时聚集了许多人，尚禹溪从一个侧门挤了进去，就看到沈夫人抱着小雨，威严地坐在了一边的椅子上，没有一丝笑容。

　　尚禹溪走过去，对沈夫人说："谢谢您，我先带她出去。"

　　沈夫人看到了尚禹溪，犹豫了一下，还是将小雨还给了她。

　　尚禹溪朝着沈夫人点头致谢，然后抱着小雨快步走了出去。

　　"小雨，刚刚干吗去了？"走出门后，尚禹溪就抱着小雨问道。

　　"吃糖糖！"小雨稚嫩地说，然后将手里几块包装精美的糖递给了尚禹溪。

　　"这是那个奶奶给你买的？"尚禹溪犹豫了一下问道。

　　"嗯！"小雨点点头。

　　尚禹溪不是不知道利兹门口开了一家叫丽塔的糖果店，这家之所以出名，正是因为它每颗糖果的价格都过百元，而小雨手中的糖果，正是来自于这家店。

尚禹溪觉得，似乎沈夫人对自己，或者说对小雨，有什么目的。

送小雨回值班室的时候，邱泽凯就迎了过来："听说，今天院里出了很大的事情。"

尚禹溪看了他一眼，没有说话。

"现在都传开了，那个找你麻烦的齐院长，力捧他的表弟，害了许多病人。"

"嗯。"尚禹溪没有多说什么。

"他表弟还真是自作自受！不作死就不会死啊！"邱泽凯摇着头，一脸的可惜。

尚禹溪没有理会他，正在这个时候，西蒙医生匆匆忙忙地回来，对尚禹溪说："珊妮医生，栾院长请您过去。"

尚禹溪愣了一下："可是，这不是董事会议么？"

"是的。但栾院长让您先过去，说是有些事情，想让您帮忙。"西蒙看了看尚禹溪，继续说道。

"好吧。那我现在过去。"尚禹溪应允着。

话音刚落，就听到邱泽凯的声音："小雨啊。看样子你妈妈要把你借给我了。"

尚禹溪看了看邱泽凯："嗯，帮我照顾她。"

邱泽凯赶紧小鸡啄米地点头："好好好。我会好好照顾她的。"

尚禹溪犹豫了一下，回头说道："你们不要再惹出什么麻烦了。"

邱泽凯愣了一下，然后点点头。

尚禹溪到会议室的时候，会议已经开始了，齐院长坐在一边，头埋在胸前，一言不发。

栾院长看到尚禹溪走进来，然后起身对面前的各位董事说道："珊妮医生，病人生病的原因，还请您向各位董事仔细讲一下。"

尚禹溪愣了一下，还是走了过去："院长，今天的情况，我觉得沈教授比较清楚，还是他来讲吧！"

栾院长摇摇头："二楼有位病人也出现了这个情况，现在沈教授正在急救。"

尚禹溪点点头，然后淡定地面向大家说："今天院里所有注射过卡盟制药厂的药品的患者，都出现了颅内压增高、脏器损伤的情况，更有人出现了中毒反应。"

栾院长继续问道："还有什么情况吗？"

"我们院里原本合作的药厂被终止了合作，新合作的那家药厂，负责人正是我院院长的表弟，也正是在这次事件中因中毒去世的齐先生。"尚禹溪只好继续说道。

"好！珊妮医生，您先坐下。"栾院长说道。

尚禹溪四处打量了一下，发现只有沈夫人身边有一个空位。

尚禹溪只好走了过去。

坐下后，尚禹溪只觉得自己身上一阵冰冷，她甚至不敢去看身边的那张脸。

突然，身边的沈夫人低声对尚禹溪说道："尚小姐，你是聪明人，如果那个孩子跟着你，必定不会有太好的成长，你不如把她交给我吧！"

尚禹溪以为自己听错了，抬头看着她问："沈夫人，您刚刚说什么？"

"我说那个叫小雨的孩子，如果你希望她成长在一个正常的环境里，不如将她交给我吧！"沈夫人又重复了一遍。

尚禹溪看着她，然后认真地说："沈夫人，或许您家里真的有足够优越的环境，但我是有能力照顾小雨的。我没有办法把小雨交给任何人，请您见谅。"

"尚小姐，您或许还不明白我的意思。如果你肯将那个孩子交给我，我会一次性付给你三百万。"沈夫人转过头，目光冰冷地说。

"哼！"尚禹溪突然冷笑了一下，然后死死地看着沈夫人："三百万！您还是习惯用钱来和别人谈事啊！"

沈夫人笑了笑："有的时候，钱才是最好的解决方式。"

尚禹溪没说话，而是优雅地将头转向了一边："可这对于我来说，没有什么作用。我是不会把小雨交给您的，您死心吧！"

听了尚禹溪的话，沈夫人有些尴尬，但还是极力保持着她的威严，然后将头转了过去。

"我觉得，齐院长这样做也是为了我们医院，这是可以原谅的，不过，还请查处卡盟集团。"一个中年股东淡然地说。

栾院长愣了一下，继续说道："那老齐……"

突然，沈夫人起身，看着栾院长说道："我觉得还是保留齐院长的职位吧！毕竟，他也是利兹的功臣，他为利兹做了不少贡献呢！"

听到沈夫人这样说，栾院长缓缓地点了点头："那好吧！既然大家这么决定了，那我们就保留他在利兹的职位吧！"

话音刚落，齐院长迅即起身向大家鞠躬，一副痛改前非的样子。尚禹溪虽然觉得这样的处理对那些受到伤害的患者非常不公平，可是，她也不知道该怎么办。

栾院长起身和大家说："那我们就对所有受伤害的患者进行补偿，尽量将影响降到最低。"

齐院长赶紧点头："是应该赔偿！"

栾院长没有理他，继续说："还请各位股东移步到病房，去慰问一下病人。"

股东们纷纷表示不愿意："病房啊？那怎么可以？病房里面都是病人，如果传染给了我们，那可怎么办？"

"是啊！我们投资利兹的建设，可不是来受罪的！"

听到这里，栾院长则是一脸的无奈。

"实际上，我觉得是不是可以这样……"尚禹溪起身说道：

"是不是可以请齐院长赔偿患者的花销，而且报销医药费，再进行慰问补偿呢？"

尚禹溪的话立刻引来了大家的目光。"其他的我觉得都可以，只是那个慰问补偿……"

尚禹溪赶紧补充道："我的意思是，由齐院长亲自去慰问。"

听到她的话，众位股东才放下心来，但齐院长却连连摆手："不！不行！我不能自己去的！我再怎么也是一院之长啊！"

说着，他狠狠地瞪着尚禹溪："你一定是因为白天的事情恨我，才这样做的！"

周围的股东这时候也站起来对齐院长说："老齐啊！大丈夫能屈能伸，你去解决这件事，也算对你做的这件错事的一个补偿啊！"

大家也附和着。

此时，齐院长也不好再说什么，只好一边恶狠狠地看着尚禹溪一边点头。

走出会议室的时候，身后那个冰冷的声音异常清晰："尚小姐，我劝你再好好想想吧。你现在这样，对你来说没有半点好处。我也身为人母，知道孩子需要的是什么！"

尚禹溪愣了一下，说道："多谢沈夫人的提醒，不过，我相信，我孩子想要的，可不是父母的变态管制。"

说完，尚禹溪就转身朝着楼下走去，沈夫人看着她远去，眉头微微皱了起来。

尚禹溪觉得，眼前这个沈夫人简直不可理喻，她的每一句话都好像让自己想到了当年的自己，无助，而且自卑。

尚禹溪回到值班室的时候，沈向北正坐在里面陪着小雨玩游戏，看上去像一个大孩子。

尚禹溪犹豫了一下没有走进去，这个时候，沈向北突然回头看到了她。

尚禹溪下意识地想要躲起来，却突然被沈向北叫住了："小溪。"

"嗯。"尚禹溪小声地回应道。

"你还……想走吗？"沈向北看着她走进来，缓缓地问。

"等邱总痊愈后再离开。"尚禹溪还是说了出来。

沈向北终于舒缓地笑了笑："好。"

他们就这样对视着，沉默着，似乎有很多事情要说，又似乎能说的都已经说过了……

拖着行李回到公寓的时候，尚禹溪有了一种全部都回到了原点的感觉，可是，似乎邱家那边，她还有很多事情要去解决。

第二天一早，尚禹溪见到的第一个人，竟然是郑欣儿……

尚禹溪抱着小雨走出门，就看到郑欣儿坐在一辆车的驾驶位上。她看到了尚禹溪，就用力鸣笛。

尚禹溪看上去没有半点儿惊讶，因为，克莱尔的事情，尚禹溪知道，她迟早会来见自己的。

尚禹溪缓缓地走过去，冷若冰霜地看着郑欣儿："郑小姐，好久不见。"

郑欣儿愣了一下，但还是极力保持着优雅的姿态，问道："尚小姐，不知道你有没有时间，我想约你去喝杯东西。"

尚禹溪耸耸肩："我也正有此意。"

"那上车吧。我载你去。"

尚禹溪笑了笑："不用了，我不习惯坐别人的车，还是走过去吧，这附近有家咖啡厅不错！"

尚禹溪说完，没有回头，径自抱着小雨朝公寓侧面的一家主题咖啡厅走去。

郑欣儿愣了一下，极度不情愿地下了车。

阳光斜刺过来，郑欣儿不时用手阻挡猛烈的光线，尚禹溪回头看了看她，不以为然地走了进去。

郑欣儿本已经习惯了车里空调下的凉爽，一下车，就是一阵火烧般的感觉，似乎周围的空气也随着气温的升高而显得异常稀薄。

尚禹溪坐在她对面看着她笑了笑："怎么？郑小姐看来比较吃力啊！"

郑欣儿有股火气，但依旧点点头："是啊！这天气太热了！"

尚禹溪还是优雅地笑着："我知道，像这种小店铺，是不会合你的口味的。"

郑欣儿没说话,而是拿起纸巾疯狂地擦脸。

尚禹溪看着她:"想当年,我和我老公克莱尔第一次约会,也是在这样的一个地方,只不过是国外罢了。"

郑欣儿背脊一阵僵硬,问道:"你都知道了?"

"是啊!还要多多感谢郑小姐,要不是你的帮忙,我也没办法拿到绿卡。"尚禹溪笑了笑,表情里夹杂着一丝不屑。

"我今天来这里,是想要告诉你一件事。"郑欣儿的口气明显客气了不少,尚禹溪就算不用猜,都知道,她要告诉自己的,肯定不是什么好事!

"什么事?"尚禹溪冰冷地问。

"我和向北要结婚了。"郑欣儿笑了笑,脸上掠过一丝丝得意。

尚禹溪看着她,表情没有一丝变化:"恭喜!"

听到这个回答,郑欣儿笑着的脸瞬间僵硬住了:"你不想说什么吗?"

尚禹溪笑了笑:"我已经说过了。"

郑欣儿自顾自地继续说道:"尚小姐,前阵子,克莱尔用我们之间的秘密来威胁我,要我必须嫁给他,我同意了,可是我没想到,向北竟然查到了这件事。沈阿姨现在已经同意我和向北结婚了,我希望你能回去和克莱尔好好过你们的生活,不要再来打扰我们了。"

尚禹溪笑了笑："我有打扰到你们吗？"

郑欣儿被她的话弄得有些糊涂，但还是尽力保持着高傲："我和向北的感情是你们没有办法打扰的，但我还是希望，你能回去。要不这样吧，你如果肯回去，我就给你和克莱尔十万。不不不，十五万！"

尚禹溪突然笑出声来："怪不得沈夫人喜欢你。"

郑欣儿尴尬地笑笑："是啊。沈阿姨是很喜欢我，待我像亲生女儿一样呢。"

尚禹溪点点头："是啊。你们的性格真像，都一样的俗气！"

郑欣儿听到尚禹溪的话，本想发火，可又极力克制住了。

她看着尚禹溪笑了笑："俗气又怎么样？你难道不想要十五万吗？看你……应该很需要这笔钱吧？"

尚禹溪肆无忌惮地笑出声来，身边的人都纷纷侧目，看着她："郑小姐还真是阔绰啊！十五万！真多啊！"

听到了尚禹溪的话，她这才缓缓吐了一口气，点头："是啊。是不少。"

"嗯！足够给我女儿买双袜子了！"尚禹溪突然话锋一转说道。

周围的人听到她们的对话，都朝着郑欣儿投来了不屑的目光，郑欣儿知道尚禹溪是故意的，气得拍桌子站了起来："尚禹溪我告诉你，我今天来跟你谈，是给你面子，别敬酒不吃吃罚酒！"

尚禹溪耸耸肩："好吧。我还真好奇，你郑小姐的罚酒，是什么样子的！"

说完，尚禹溪抱起了小雨，然后随手从手袋里面拿出了本想着付给邱夫人的三十万赔偿金，扔在了郑欣儿的面前："这里是三十万！我希望您以后不要再来找我了！我不想我女儿看到你这种人！"

郑欣儿此时红着脸，怒气冲冲地看着她。

尚禹溪刚走到门口，就回头将自己手上的两张红票子拍在了一边的桌子上："对了！这餐我请！"

说完，头也不回地离开了。

尚禹溪走出门后，一股从未有过的爽快感就这样袭击了她的心脏。因为将给邱夫人的赔偿金给了郑欣儿，尚禹溪只好又跑了一次银行，正巧在银行的门口，她看到了栾院长的女儿栾乔。

尚禹溪赶紧走过去："栾小姐，这么巧。"

栾乔愣了一下，然后一脸的不以为然："珊妮医生，都在这附近住着，有什么巧不巧的！"

尚禹溪尴尬地笑了一下："是啊！巧的是，你也住这附近啊？"

正说着，栾乔却突然变了口气，朝着尚禹溪走了几步："珊妮医生，我可不可以请你帮我一个忙啊？"

尚禹溪愣了一下，但还是抬起头："什么忙？"

"我也住在你那栋公寓里面，我们能不能换一下房间啊？"
栾乔很有目的性地说。

尚禹溪似乎瞬间了解了她要做什么，愣了一下，然后点
了点头："可以！"

"真的吗？珊妮医生你真的是太好了！改日我请你吃饭
吧！"栾乔说着，高兴地转身朝利兹的方向跑去，跑了几步，
又回头补充道："我晚上等着你哦！我去帮你换！"

尚禹溪笑了一下。

看着她离开的背影，尚禹溪倒是觉得，她真的哪里都像
当年的自己。

甚至……她身上的那件纯白的衬衫。

医学院有个规定，除了开会的时候，学生都不能穿白色
的衣服去上课。

这其实，是为了学生着想。医学院经常要和许多模型、标
本打交道，很多时候，衣服上面都会沾染颜色，如果是白色
的衬衫，那颜色会显得尤为突出。校长觉得，为了让学生的
风貌更加出众，大家还是不要穿白色的衣服为好。

可是，从小到大，尚禹溪的妈妈总是会给她买一系列白
色的衣服。

因为要上医学院，所以，尚禹溪的妈妈给尚禹溪买的清
一色的白色衬衫，这看似符合常理，却完全和医学院的标准

背道而驰。

　　所以，尚禹溪从不会去遵守学校这项不成文的规定，她总是穿着白色衬衫走在医学院的每条路上。

　　后来校长知道了这件事，就当着许多人的面指责了她。

　　尚禹溪却向校长做了保证："无论如何，都不会把白色衬衫弄脏！"

　　这个像是承诺的一句话，执行起来，却遇到了很多的困难。

　　因为很多同学都会有意无意地使她的身上沾到药水，甚至乱写字。

　　尚禹溪每一次被老师发现身上有污浊，就会被叫去走廊里面罚站，她孤零零地站在那里……

　　到了利兹，尚禹溪赶紧去了邱总的病房。邱总正一脸愁容地看着窗外，听到尚禹溪走进来，迅速起身："珊妮医生，你来了？"

　　尚禹溪点点头："我是来交赔偿金的，如果不够的话再跟我说，我再补……"

　　邱总看着她，摇摇头："珊妮医生，这件事情我很清楚，责任并不在你，我很抱歉，这件事情也给你带来了麻烦。"

　　尚禹溪赶紧摇摇头："不不不，没有，邱总您不要这么说。"

　　"我昨天还在考虑，要是你走了，我还能相信谁……"邱总突然开口说道。

尚禹溪惊讶地抬起头，看着邱总，认真地问道："您……说的是……"

"是这样的。我一直都在猜测，莫文这件事情，或许不是意外……"邱总犹豫了一下，还是说了出来。

"邱总，这件事情都是我们小雨不小心……"尚禹溪赶紧解释。

"不不不，我不是这个意思。"邱总赶紧摆手："我的意思是，我昨天突然有一种想法，是有人故意想要害莫文失去孩子。"

尚禹溪愣了一下，然后说道："这不会吧？邱先生不是说了吗，邱夫人是因为小雨洒在楼梯上的零食而滑倒，摔下楼梯的？"

"是啊！我开始也是这样认为的，可是，这段时间，我们邱家真的出了太多的事情，而每一件事情似乎都是针对莫文的。"

尚禹溪愣了一下，赶紧劝解道："或许只是巧合呢。这几件事情里面，似乎没有什么必然的联系。"

"这才是我最为担心的。"邱总叹了口气，说道。

"如果我们假设这几件事情真的有联系，那您觉得这件事情……"尚禹溪认真地问。

"你是想问我是不是知道这个凶手是谁？"邱总接着说道。

尚禹溪点点头:"是啊!如果当时姑姑是替姑父承担责任,那很明显,姑父已经被关了起来,那还有谁会对邱夫人下手呢?"

邱总叹了口气:"我觉得是小凯的姑姑。或许是因为当年莫文将小凯姑姑的孩子害死了,所以,小凯姑姑才会报复。"

尚禹溪没有说话,这似乎是一个合理的解释。

"珊妮医生,我想请您帮我好好照顾莫文。"邱总突然开口说道。

尚禹溪愣了一下,然后说道:"不好意思,邱总,这个忙我恐怕帮不了您,因为邱夫人现在住的科室和我完全没有关系,我也没办法插手。"

邱总笑了笑:"放心好了,我已经解决好了。只要能让莫文和家里人隔离开来,就可以了。"

尚禹溪愣了一下,还没反应过来是怎么一回事,就看到有个护士慌慌张张地跑进来:"珊妮医生,邱总的儿媳邱夫人刚刚被转来了我们科室,她的颅内发现了大片阴影……"

瞬间,尚禹溪就明白了什么。

虽然是不情愿,但是,既然她是作为邱总的主治医生回来的,就要帮助邱总,她更不希望小雨会因为那件事而留下阴影。

尚禹溪愣了一下,转头对那个护士说道:"这样,你先送邱夫人去特护病房,有什么事情及时通知我,一定要将她隔离开来,她产后需要好好调理。"

护士愣了一下，说道："邱先生的妹妹也来了，想要申请去照顾邱夫人。

尚禹溪迟疑一下，转头去看邱总，然后缓缓地说："不能让她进去，邱夫人由我亲自照顾就好了，家属的话，还是不用了。"

护士点点头："好的，珊妮医生，那我去告诉她。"

说着，护士就转身走了出去。

"珊妮医生，真麻烦你了，本来只需要照顾我就可以了，可现在还要麻烦你照顾莫文。"邱总一脸的抱歉。

尚禹溪笑了笑："我的责任是救人，如果能通过非手术的方式救回一个人的生命，我也非常愿意。"

邱总点点头："好吧。那这件事情就交给你了。千万不能让莫文有事。还要尽快了解这个凶手才是。"

尚禹溪点了点头："我明白的。"

走到特护病房的时候，邱夫人正在那里盖着被子痛哭，尚禹溪犹豫了一下，还是朝着她走了过去。

邱夫人在看到尚禹溪的时候，瞬间就激动了起来："你怎么来了？你给我出去！"

尚禹溪面无表情地说："您好，我是您的主治医生，还请您多多配合。"

邱夫人睁大了眼睛，瞪着尚禹溪说道："不不不！你一定会害死我的！我才不要你的照顾呢！"

尚禹溪笑了笑："邱夫人您放心好了，我是一个医生，我是绝对不会害您的。"

邱夫人看着尚禹溪愣了一下："不！你是骗我的！"

尚禹溪平静地走了过去，看着邱夫人："您现在身体状况很差，最好不要乱动。"

邱夫人看着尚禹溪，似乎放下了一些警惕："我是长了脑瘤吗？为什么会这样？"

"您还没有最终确诊，不要着急给自己下定论。"

邱夫人抬起头，一脸诧异地看着尚禹溪："你告诉我，我还能活多久？"

尚禹溪笑了笑："希望您会长命百岁呢！"

说完，她转身走出了病房，而邱夫人则还在那里回味着这句话。

走出了特护病房，尚禹溪就看到了邱泽凯的姑姑坐在门口的长椅上，一脸忧愁。尚禹溪真的不敢相信，这样善良的邱姑姑，会是凶手。

"珊妮医生，大嫂到底怎么样了？"邱姑姑看到尚禹溪走出来，快步走过去问道。

"姑姑您放心吧。邱夫人是没有太大问题的，只不过现在还没有确诊，还需要认真检查一下。这几天您就放心好了，她在这儿没问题的。"尚禹溪安慰道。

"好好！大嫂在这里我也放心，请一定要照顾好她。"邱姑姑认真地说。

尚禹溪点点头，安慰着将邱姑姑送出了门。

邱泽凯抱着小雨赶来的时候，已经是下午了，他刚走进利兹，就听说了这件事情，于是快步上了楼。

尚禹溪看着邱泽凯不解地问："你不是一向都不喜欢你后妈的吗？怎么今天这么积极呢？"

邱泽凯愣了一下，说道："不喜欢归不喜欢，但事实如此我也没什么办法。"

尚禹溪被他这句话完全弄蒙了，但还是笑了笑："你想去看看她吗？"

"不了。"邱泽凯想了一下，但很快就拒绝了。

尚禹溪接过小雨的同时，手机铃声突然响了起来，她赶紧拿出来接听电话，那边传来了妈妈的声音。

"小溪啊，我在利兹门口，等下你出来，记得过来找我。"尚禹溪的妈妈尚美微，年轻时是个标准的美女，可是，因为前半生太过操劳，她的脸上已经爬满了皱纹。

尚禹溪听到这儿，就赶紧和西蒙医生打了招呼，径自抱着小雨出了门。

尚妈妈穿着一件连衣裙站在那里，尚禹溪看着她，问道："您怎么突然回来了？"

"我不放心你啊！这么久了，也不知道你在这里怎么样。毕竟，之前四年里，你一天都没和我分开过啊！而且，你说回来，又没回来，我就更担心你了。"尚妈妈满脸的担心。

尚禹溪笑了笑："你放心好了，我自己能照顾好自己的。"

尚妈妈摇摇头："不！还是我来照顾你，我才能放心。"

尚禹溪不知道说什么，心里有一丝丝的安慰。

尚妈妈突然指着在她怀里熟睡的小雨说道："这就是你说的那个孩子吧？别说，和你小时候还真有点像呢！"

尚禹溪开心地笑了笑："那是当然了！"

正说着话，有个声音突然在尚禹溪身边响起："珊妮医生啊，你这么早就出来了？是在等我吗？"

看着身边穿着雪白衬衫的人，尚禹溪赶紧笑了笑，然后对尚妈妈介绍："这是栾乔，是我们栾院长的女儿。"

尚妈妈似乎愣了一下，看着面前的女孩，说不出话来。

尚禹溪对栾乔介绍："这位是我妈妈。那我们现在就去换房间吧。"

说完，尚禹溪就提着尚妈妈的行李快步朝着利兹医院的公寓走去。

换房间对于经常做家务的尚禹溪和尚妈妈来说轻而易举，而对于栾乔来说，却是完全不在行。

栾乔只顾着整理自己的小玩偶，完全没有注意到身边气喘吁吁的两个人。

过了一会儿，房间终于换好了，没等尚禹溪说话，栾乔就一把将累得连腰都直不起来的尚禹溪和尚妈妈推出了门，甚至连句谢谢都没有。

尚禹溪一脸的无奈，转身带着尚妈妈回了房间。

栾乔的房间和尚禹溪的房间在同一层，只不过，她的房间在沈向北的隔壁，没有足够优越的地理位置。

尚禹溪则搬去了沈向北的隔壁，终于不用再对着那个毫无隐私可言的玻璃了。

忙完的尚妈妈给尚禹溪煮了好吃的牛腩汤，汤里面还放了她千里迢迢托运回来的辣酱。

尚禹溪总算是好好地吃了一顿可口的饭。

尚禹溪刚睡着，就接到了消息。因为邱夫人总是在闹，整个科室的病人都没有办法休息，所以请尚禹溪赶紧过去一趟。

尚禹溪没办法，就出了门。

刚一出门，她就看到自己原本的房间灯火通明，从门口路过的时候，看到沈向北正和栾乔坐在餐桌前，似乎在享受着烛光晚餐。

尚禹溪赶紧离开，她不想这样扫兴地出现在他们的面前。

尚禹溪赶到病房的时候，邱夫人正坐在那里发飙，整个病房里凡是可以搬起来的设备，都被她摔了个稀巴烂。

尚禹溪只好走进去："邱夫人，您这是在做什么呀？"

邱夫人嘴里默默地念："我不能这样下去，我不能这样下去！我要康复！"

尚禹溪看着她，真是非常无奈，于是转头对身边的护士说道："去叫妇产科值班医生快些过来。"

听到尚禹溪的话，护士赶紧点了点头跑了出去。

妇产科值班医生过来，看过邱夫人，给邱夫人吃了药，她便渐渐安静下来，睡了过去。

尚禹溪怕邱夫人再出什么事情，就在邱夫人的病房里面支了张陪护床，小心翼翼地躺了上去。

Chapter 10
没想到亲生父亲就在眼前

"珊妮医生，邱总叫您过去。"尚禹溪刚刚醒来，就听到护士在她耳边小声地说。

"好的。我现在就过去。"尚禹溪答应着走了出去。

"珊妮医生，有什么情况吗？"刚走进病房，尚禹溪就听到邱总急切的声音。

"目前相安无事。"尚禹溪照实说道。

"小凯的姑姑……"

尚禹溪摇摇头："昨天邱姑姑离开后，就没有再来过医院。"

正说着话，邱泽凯突然开门走了进来，看到尚禹溪就愣了一下："珊妮医生，你今天来得好早啊！"

尚禹溪点点头："你也很早啊！"

邱泽凯笑了笑："我正好有事要对你说！"

　　尚禹溪无所谓地问："什么事呢？"

　　邱泽凯看着尚禹溪，突然嘴角弯出了一个弧度："珊妮医生，我已经知道了，你那个老公的事情。"

　　尚禹溪愣了一下，看着他问道："你说的是什么意思？"

　　"我知道你当时和你老公结婚是因为想要留在美国。"邱泽凯一脸平静的笑意。

　　尚禹溪点点头："那又怎么样？"

　　邱泽凯突然走到尚禹溪面前，从口袋里拿出了一个做工精致的小盒子，递到尚禹溪面前："你是我命中注定的那个人，我想让你嫁给我！"

　　尚禹溪愣了一下，说道："你不要再开这种无聊的玩笑了！"

　　邱泽凯一本正经地回头看着尚禹溪说："我没有开玩笑，我真的想要和你在一起！"

　　尚禹溪愣了一下，一言不发地僵在这个场景。

　　这个时候，邱总突然开口说道："珊妮医生，我觉得小凯做事一向稳重，他能来向你表白，一定是认真的。"

　　尚禹溪赶紧摆手："邱总，可是我毕竟已经结过婚了。"

　　"珊妮医生，你放心好了，凭借我们邱家的能力，洗白一个人，不是不可能的。"邱总继续笑着说。

　　"邱总，不好意思，这件事容我想想吧。我先出去了，还要巡房。"尚禹溪说完立刻转头走了出去，好像病房里面发生的事情都与自己无关。

尚禹溪觉得自己似乎惹上了麻烦。

这几天，医院似乎相安无事，每次巡房的时候，她都能看到沈向北。他们也只是轻轻笑笑，不多说一句话。

而齐院长也开始了每天的慰问，有的时候看到尚禹溪，他会用力白尚禹溪一眼。

"小溪啊，要是可以的话，我希望你和我回美国。"突然，尚妈妈对她说。

"是啊，我也是这样想的。"尚禹溪愣了一下，说道。

尚禹溪正在和尚妈妈一起吃晚餐，刚吃了一口，就听到了清脆的门铃声，她赶紧跑了过去，看到栾院长站在门口，低着头似乎在想什么。

尚禹溪赶紧打开门："院长，您怎么来了？"

"珊妮医生？"栾院长愣了一下："我以为这是小乔的房间，难道我走错了？"

尚禹溪尴尬地说："栾院长，我和栾小姐换了房间，她现在住那间。"

说着，尚禹溪朝着对面的那间房指了指。

"哦哦，不好意思啊。"栾院长赶紧笑着说道。

正巧，这个时候尚妈妈突然走过来："小溪啊，是谁来了？"

刚走到门口，尚妈妈就愣住了。

听到声音的栾院长，也在这个时候突然愣住了。

尚禹溪缓缓地问："你们，认识吗？"

尚妈妈愣了一下，优雅地笑了笑："同学而已。"

尚禹溪犹豫着笑了笑："哦哦。那请栾院长进来坐坐吧。"

栾院长尴尬地笑了笑："好。"

三个人坐在餐桌边，面面相觑，却好一会儿谁都没有出声。

终于，还是尚禹溪打破了僵局："栾院长，你和我妈妈是同学呀？为什么没听我妈妈说过呢？"

栾院长尴尬地笑了笑："是啊！老同学。"

尚妈妈笑了笑："嗯，也不是什么重要的人，没什么好说的。"

尚禹溪觉得他们的对话很奇怪，但是又不知是为什么。

栾院长坐了一会儿，突然起身说道："我先去看看我女儿，改日再叙旧。"

尚妈妈笑了笑："好。"

栾院长起身面色尴尬地离开了。

栾院长刚出门，尚禹溪就回头问道："妈妈，这是怎么回事？您原本和栾院长是同学？"

尚妈妈点点头，没有多说一句话。

转身之间，见尚妈妈面露伤感，尚禹溪就没敢多问什么。

第二天一早，尚禹溪赶到医院的时候，西蒙医生和米娜医生都不在。她正要去病房，就看到沈向北走了进来："小溪……"

他的声音有些沙哑，看得出眼睛里的倦意。

"嗯。"尚禹溪点点头。

"听说邱少爷向你求婚了？"沈向北第一次用这种语气对尚禹溪说道。

以前每一次沈向北在不确定尚禹溪的意见时，他的声音都会是坚定的，而这一次，他确实是在询问。

尚禹溪笑了笑："是啊。"

"那……"沈向北欲言又止。

就在这个时候，邱泽凯慌慌张张跑了进来："珊妮医生，请您快去看看我爷爷！"

尚禹溪愣了一下："发生什么事了？"

"我刚刚到我爷爷病房的时候，发现他晕倒了。"邱泽凯一脸紧张地说。

"好的！我现在去看看！"说完，尚禹溪就快步朝着邱总的病房走去，沈向北也跟了上去。

到了邱总病房的时候，尚禹溪意识到，似乎邱总晕倒并不是件简单的事情。

因为那个所谓的卡盟又出现了。

尚禹溪赶紧叫护士带着邱总去透析，而自己则快步走去了护士站。

"请问，今天为什么给邱总换药呢？"尚禹溪认真地问。

"没有呀！"护士查了一下记录："今天没有给邱总换药。"

"那卡盟的药……"尚禹溪愣了一下："我们院里还在用吗？"

护士摇摇头："已经没有在用了。"

尚禹溪意识到了事情的严重性，看着护士说道："帮我查一下，今天都有谁进过邱总的病房。"

护士点头："好的！"

过了没多长时间，尚禹溪就得知了消息，半夜的时候，邱夫人进了邱总的病房，还带着一个档案袋。

尚禹溪突然意识到了问题的严重性，沈向北也转过头，认真地看着她："你觉得是有人蓄意害邱总？"

尚禹溪点了点头："之前卡盟出事的那天，邱夫人也在医院里面，可是，那天她的药却没有用。"

沈向北点点头："是啊！后来，院里也没有回收。"

尚禹溪点点头。

"这样说来，邱夫人的嫌疑最大！"沈向北叹了口气，说道。

尚禹溪赶紧走到邱夫人的病房，认真地问："邱夫人呢？"

"她不在，我们早上来的时候，就发现她已经不知道去了哪里。"护士也是一脸的紧张。

尚禹溪愣了一下，说道："你们找过吗？"

"找了，医院里面没有发现她的踪影，我们以为她已经回家了。"护士胆怯地说。

"再派人好好找找！"尚禹溪蹙起了眉头。

正在这个时候，尚妈妈突然打来了电话："小溪啊！不好了，小雨不见了。"

尚禹溪吃了一惊，问道："小雨怎么会不见呢？"

尚妈妈说："我刚刚有事出门了，嘱咐小雨坐在家里等着我回来，可是没有想到，我回来就发现小雨不见了！"

尚禹溪只觉得脑子里面一片混乱，这个时候，邱泽凯慌慌张张地跑进来："珊妮，小雨应该是被那个女人抱走了！"

尚禹溪知道他所指的人是谁，与此同时，只觉得心里一紧。

邱夫人一定是因为小雨害她摔下了楼梯，所以才会报复她的……

"昨天，邱夫人是因为接到一个电话才失控的！"护士突然回忆起来。

"现在这些都不重要了，必须先找到邱夫人和小雨才行！"尚禹溪说着，脑子里一阵疼痛。

得知了消息的沈夫人也赶了过来，她虽然很冷静，可也能看得出她脸上的愤怒："莫文呢？找到了吗？"

尚禹溪没有理她，而是和邱泽凯平静地坐在会议室里面，等着结果。

"尚小姐，听说是你母亲看着小雨的时候，把小雨弄丢了。"沈夫人突然开口说道。

尚禹溪看了她一眼，没有出声。

"你现在是不是还觉得，你能照顾得了这个孩子？"沈夫人见她没有说话，继续气势凌人地说道。

"我现在不想知道小雨是怎么丢的，我只想知道，她什么时候能回来，是不是会平安回来。"尚禹溪低着头，认真地说。

"小雨最好是能平安回来，要不然，你的责任就大了！"沈夫人说着，将头转向了一边。

这个时候，沈向北突然走进来，无意间看到了沈夫人："妈，您怎么来了？"

沈夫人愣了一下，说道："听说尚小姐这里出了问题，我就特意过来看看。"

沈向北诧异地抬起头："您是怎么认识小溪的？"

沈夫人有些词穷，但还是笑了笑："几面之缘。"

沈向北有些不解，但还是走到了尚禹溪身边："小溪，刚刚得到了消息，邱总那里已经度过了危险期。"

尚禹溪呼了口气："药物的问题不会对他有什么影响吧？"

沈向北愣了一下："这个还不敢肯定，但理论上来说，是有一定影响的。"

邱泽凯赶紧起身，紧张地问道："我爷爷不会有什么事吧？"

尚禹溪点点头："这就要看邱总自己的意志力了。"

刚说完，又有个护士急急忙忙地走了进来："沈教授，刚刚发现了邱夫人，她正抱着珊妮医生的女儿站在顶楼。"

尚禹溪愣了一下，赶紧跑了出去，办公室的一行人也都跟了上来。

顶楼的露台上面，邱夫人正抱着小雨站在那里，满脸的泪水，小雨不停地哭着。

尚禹溪赶紧走过去，对邱夫人说："邱夫人，您冷静一点儿！"

"冷静？你让我怎么冷静？你的孩子害死了我的孩子，让我失去了一切！我要杀了她给我的孩子报仇！"邱夫人看着尚禹溪失控地说。

"邱夫人，孩子还是会有的啊！您不要这样！"尚禹溪看着邱夫人，轻声地劝解着。

"可是，爸爸不会把财产分给我了！我什么都没有了！"邱夫人对尚禹溪怒吼道。

"就因为这个你给邱总换了药？你这样做，不觉得太过分了吗？"尚禹溪怒斥道。

"什么？换什么药？不是我！我没有！"邱夫人死死地盯着尚禹溪说："一定是你故意陷害我的！是你！"

尚禹溪愣了一下："害你？我害你对我来说有什么好处吗？我没有害你的动机啊！"

"因为你答应了小凯的求婚，你要和我争财产！"邱夫人看着尚禹溪大声地喊。

正说着，邱泽凯突然走过去平静地说道："你把小雨交给我，这件事情和小雨没有关系！"

说着，邱泽凯就向前伸出了手。

邱夫人看着邱泽凯激动无比，说："和她没关系？怎么会和她没关系？我今天会变成这样都是因为她！"

邱泽凯没有理会她，没等邱夫人反应过来，邱泽凯就一把拉住了小雨，邱夫人扯着小雨的衣服拼命朝着楼边缘跑去，后一秒，她已经跳了下去，而小雨被邱泽凯稳稳地抱在了怀里。

这一切发生得太突然了，尚禹溪还没有反应过来，一条人命就在她的面前消失了。

尚禹溪赶紧跑过去抱起小雨回到了值班室，她不想让一个三四岁的孩子看到这一切，那将是她人生中最可怕的梦魇。

"怎么样？尚小姐，你还觉得你自己有能力保护好这个孩子吗？"尚禹溪刚走进值班室，沈夫人走了过来，一边走，还一边不住地对她重复着。

"我能不能照顾好这个孩子是我的事情，还请您不要再操心了！小雨，我是肯定不会给您的！"尚禹溪异常平静地说道。

在值班室的桌子上，邱夫人的手机躺在那里，这是之前她叫护士去拿过来的。她缓缓地打开屏幕，默默查看着手机里面的通信记录，后一秒，她睁大了眼睛，不知道该说些什么……

这个时候，邱泽凯突然走了进来："珊妮，小雨还好吗？"

尚禹溪没有说话，而是平静地看着他。

"怎么了？"邱泽凯一脸的诧异。

"这一切都是你造成的对吗？"尚禹溪突然开口平静地说。

邱泽凯愣了一下，然后问道："你在说什么？"

"我说，这一切都是你造成的，是你告诉邱夫人，你向我求婚了，而且邱总会把邱家的一切都交给你！"尚禹溪耐着性子重复了一遍。

"不是……"邱泽凯欲言又止。

"邱夫人并没有去换邱总的药，换药的那个人也是你，只是因为她想去问邱总的想法，没想到，到那里的时候，邱总已经昏迷了。"尚禹溪缓缓地说，她试图把每件事情理清。

"接着说。"邱泽凯突然面无表情地看着尚禹溪。

"然后你就不断去刺激邱夫人，直到她崩溃，去找小雨报仇！"尚禹溪看着邱泽凯，继续说道："我没有想到，你竟然会将仇恨转移到一个孩子身上。"

"是啊！连我都没有想到，她真的会去找小雨报仇！"邱泽凯笑了笑："我记得我和你说过我妈妈的事情，她本来才是拥有这一切的人，可是，几个月前，警察发现了她的尸体。"

尚禹溪看着邱泽凯，愣了一下问道："什么？"

"我本以为，就算她真的失踪了，我也会找到她的，可现在找到她，又有什么用呢？"邱泽凯苦笑着说："所以，我决定向那个女人复仇！"

尚禹溪摇着头："糊涂啊！我想，当时害邱总住进医院的人，也是你吧？"

邱泽凯愣了一下："你是怎么知道的？"

"之前，你本想去害邱夫人，可是，却因为邱夫人将自己的汤给了你姑姑喝，所以，间接害死了你姑姑的孩子。"尚禹溪继续说道："之所以姑姑没有追究，正是因为她知道，这个害了她孩子的人，是你，而不是邱夫人。"

邱泽凯平静地看着面前的尚禹溪，没有任何表情。

"所以，那次邱姑姑才会保全你，这都是因为她爱你，之所以大家没有怀疑你，是因为你爷爷对你非常信任，而且，大家都以为你在国外，没有任何作案的时间。可是，只有我知道，你根本就没有离开。而你姑父则是为了保护你姑姑，才出来承担了这一切。"尚禹溪缓缓地说："她以为你会痛改前非，可谁知你非但没有，还利用小雨，然后让小雨间接害死了邱夫人的孩子。"

"这都是姑姑告诉你的？"邱泽凯侧目看着尚禹溪问道。

"不！这都是我分析的！"尚禹溪摇摇头，认真地说。

"那你全都猜对了！事已至此，我的目的也达到了。"邱泽凯愣了一下："我本来不想害死她的，我只是想让她离开我爸爸，可是，这个女人觊觎我们邱家的财产……"

尚禹溪愣了一下："那你也不能真的害死她啊！她也是一个无辜的人，只不过在错误的时间出现了！"

邱泽凯笑了笑："是啊！我曾经也认为，她是我爸爸喜欢的人，我不能伤害她。可是，她设法把我赶出了邱家，让我成了一个无家可归的人。"

尚禹溪缓缓地低下头："如果可以的话，我真希望这一切都没有发生。"

"可我是真的希望你能答应我的求婚，虽然，现在对于我来说，已经太晚了！"

尚禹溪摇摇头："对不起，我是不能答应你的，我……"

"你还喜欢沈教授吗？"邱泽凯眼里闪烁着点点的光亮。

"可能是吧！也可能不是！"尚禹溪顿了一会儿，缓缓地说。

"这段时间，多谢你照顾我爷爷。"说完，邱泽凯转身走出了值班室。

其实，从邱总住院的那个时候，她就觉得，这件事情或许并没有自己想象得那么简单，邱泽凯这么做，无疑是报复了邱夫人，也伤害了他自己。

尚禹溪看着小雨，喜忧参半地笑了笑，然后将她搂紧……

"邱叔叔会回来吗？"小雨用稚嫩的声音问。

"会的！"尚禹溪点点头："会回来的。"

邱总醒来，尚禹溪赶紧去了病房。

他开口的第一句话，就是："大家都好吧？"

尚禹溪没有说话，她不想这件事给邱总带来过大的冲击，可是，他似乎已经猜到了什么……

这次事件之后，邱总精神状况差了很多，似乎很多时候连说话的力气都没有。

尚禹溪总是让小雨去陪着邱总，可多数时候，都是邱总看着小雨发呆。

几天后，尚禹溪正坐在值班室里面看着病历本发呆，就听到身后那个温暖而且伤感的声音："小溪……"

尚禹溪愣了一下，然后回过头："沈教授……"

"你还是叫我向北吧。"沈向北朝着尚禹溪走过来，然后笑了笑。

"不了，我们在这里是同事，没有别的关系，我们还是不要这么亲密的称呼了。

沈向北愣了一下："小溪，我们就不能像以前一样吗？"

尚禹溪笑了笑："你觉得现在的我还跟以前一样吗？"

沈向北点了点头："你在我心里永远都是那个小溪啊！"

尚禹溪突然苦笑道："你这么说的话，我会以为我自己还带着那种穷酸的气质……"

沈向北目光一紧："小溪，我没有……"

"算了，这么久了，我想，我们之间该变的都变了，不该变的也都变了。我们之间，可能永远回不到从前了。"尚禹溪说完默默地垂下头。

"从你回来的那天，我一直在等着和你说这些话，我每天都在期望你能回到我身边。"沈向北缓缓地说："你走的时候，我想尽了办法找你，甚至想到了去和郑欣儿订婚，我以为你会因为看到了新闻而回来找我，可是，你却好像在这个世界上消失了……"

尚禹溪问："是啊！发生了这么多事，你应该也知道，我们之间过了多久了吧？"

沈向北也微微笑道："对啊！过了这么久，我依然对你念念不忘。"

尚禹溪没说话，将头转到了一边，极力忍住了眼泪。

"如果当年你离开，是因为郑欣儿的话，我希望你能释然，我只把她当成妹妹……"沈向北缓缓地说。

尚禹溪笑了笑："我并不是因为她才会选择离开的，我是真的厌倦了这里，碰巧国外有更好的发展，我就离开了。"

沈向北没有说话，这个时候，门口突然响起一阵急促的脚步声，他们齐齐看过去，外面闪过一个穿着白衬衫远远跑开的身影。

"你去看看她吧。能看得出，她喜欢你。"尚禹溪愣了一下说道。

沈向北看着那个背影，没有动："是啊！正因为如此，我才不能去。"

沈夫人再次找到尚禹溪的时候，尚禹溪正和米娜医生坐在会议室。

沈夫人拿着一叠纸，狠狠地甩在了尚禹溪的面前："你告诉我，小雨到底是怎么回事？"

尚禹溪愣了一下，看着沈夫人问："您什么意思？"

"我说，那个孩子，到底是不是向北的？"沈夫人死死地盯着尚禹溪问道。

"当然不是了！沈夫人，您到底要说什么？"尚禹溪一头雾水地看着沈夫人。

"你为什么要骗我？为什么？你竟然为了邱家那个逆子欺骗我！"

尚禹溪看着沈夫人，更加不知从何而来："我什么时候欺您你了？我从见到您开始，和您说的话都不超过三十句，我哪句话欺骗您了？"

沈夫人微微蹙起了眉："那就是姓邱的那个小子骗我！他说小雨是向北的孩子！"

尚禹溪愣了一下："夫人，我劝您冷静一下，小雨确实不是向北的孩子，这个孩子的父母因为火灾丧生，是我领养来的。"

沈夫人听到尚禹溪的话，睁大了眼睛问道："那邱家小子让我做的事……"

尚禹溪问道："什么事？邱泽凯让您做了什么？"

"他让我帮忙打点了一个护士，给他爷爷注射了卡盟的药物……"沈夫人说着，就险些腿软，想不到，她竟然会因此而中了邱泽凯的圈套。

尚禹溪听到她的话，瞬间愣住了："原来是这样……"

沈夫人突然懊恼地指着尚禹溪说："你这个女人！我当时就知道，你这种人留在向北身边一定会害了他！没想到，你连我都害了！"

尚禹溪没说话，她似乎已经习惯了沈夫人这样的讽刺，她的话将尚禹溪已经愈合的伤口再次狠狠地扒开……

"听说向北还是对你念念不忘？"沈夫人恢复了高傲的表情，侧目看了尚禹溪一眼。

"这个，和我有什么关系吗？"尚禹溪回过头问道。

"或许是我当时没有跟你说清楚。你是配不上我们沈家的。"沈夫人冷冷地笑了笑，然后极高傲地扫了尚禹溪一眼。

"是吗。或许我会这么觉得。"尚禹溪笑了笑，然后面无表情地看着窗外。

"你有这样的自知之明很好，省得我再说出难听的话。像你这种人，能考上医学院，能够毕业，就已经是烧高香了！但如果你一直这样招惹向北，就不要怪我不客气！"

尚禹溪缓缓起身，看着沈夫人的脸："多谢夫人的提醒！

但我希望你能劝劝沈教授，最好不要再来找我了！我消受不了。"

沈夫人冰冷地哼了一声："这样最好！"

尚禹溪没说话，而是平静地走出了会议室，就在开门的瞬间，她看到了尚妈妈一脸泪水地站在那里。

尚禹溪突然不知道该说什么，只好傻傻站在那儿。

"小溪，这些年苦了你了……"尚妈妈看着尚禹溪，极力抹干眼泪，一步步朝着沈夫人走了过去："沈夫人……"

尚禹溪想要拉住妈妈，可是，已经来不及了……

尚禹溪无奈地垂下了手。

"美微？"沈夫人睁大了眼睛看着面前的尚妈妈，情不自禁地叫了出来。

尚妈妈点点头："是啊！真难得啊！沈夫人还能认识我，叫出我的名字……"

沈夫人愣了一下，小声问道："这些年，你去了哪里？"

尚妈妈笑了笑："我已经老了，还劳烦沈夫人费心，也真是难得。"

沈夫人赶紧走过去："美微，你不要这么说，当年的事情要不是你……"

尚妈妈摇摇头："当年的事情就不要再提了，我知道我女儿刚工作的时候，一直承蒙沈家少爷的照顾，要没有沈家少爷，我女儿也不可能有今天。"

"你女儿？你是说……尚禹溪是你女儿？"

尚妈妈点点头："是啊。"

沈夫人愣了一下，有些站不稳脚步，踉跄地向后退了几步。

尚禹溪走过来，认真地问道："妈，这是怎么回事？您和沈夫人之间？……"

尚妈妈摇摇头："我们之间，没有什么事，小溪，我们走吧。"

沈夫人支撑着身体走过来，表情也缓和了不少："美微啊！对不起，我不知道小溪是你的女儿……我补偿你……你说你想要什么，我补偿你……"

尚妈妈没有停住脚步："你补偿不了我的，该失去的，我什么都没有剩下，我女儿在你这里受到的侮辱，你也是补偿不了的！"

沈夫人还想说什么，但硬生生咽了下去。

回到公寓的时候，尚禹溪试图问妈妈，她和沈夫人之间到底有着什么样的恩怨纠葛，可是，妈妈却只回应了一句："没有，我们之间什么关系都没有！"

尚禹溪还想问，就听到尚妈妈的声音："你还记得你小的时候，我告诉过你的道理吗？"

尚禹溪点了点头："记得。"

"我告诉你，一定要斩断与那些伤害你的人的关系。"尚妈妈笑了笑，表情是她惯有的和蔼。

"您的意思是……让我忘记沈向北？"尚禹溪缓缓地说。

"是啊，其实当时我并不知道沈向北就是沈夫人的儿子，要是知道的话，我是断然不会让你和他在一起的。小溪你要记得，千万不要和沈向北有半点儿瓜葛，他伤害了你，摧毁了你的尊严。"

尚禹溪点点头，眼泪不禁夺眶而出。

离开沈向北后，她在国外很少流泪，或许是一个人强撑着，已经习惯了，就算是自己很委屈，也不会轻易表现出来。

可是，此时的她，第一次觉得，她和沈向北之间，越离越远。

她已经快看不到沈向北的脸了……

第二天一早，尚禹溪起床时发现两只眼睛已经肿了，于是，她赶紧翻箱子找到了自己的墨镜，扣在了眼睛上。

"小溪啊，吃饭了。"突然，妈妈开口喊道。

门铃突然响了起来。

尚禹溪只好垂着头，朝门口走了过去。

"谁呀？"尚禹溪随口问了句。

"是我！"那清晰而且略带沧桑的声音，就这样猝不及防地传到了尚禹溪的耳朵里。

栾院长竟然这么早就登门，这是尚禹溪完全没有想到的。

"院长，您找我？"尚禹溪看着门口的栾院长，认真地问。

"呃……不是的，我是来找你妈妈的。"栾院长微微垂下头，有些不好意思。

"哦。妈妈，栾院长找您。"尚禹溪朝客厅喊了句，正好尚妈妈端着一碗汤走了出来，在看到栾院长的瞬间，尚妈妈手一抖，碗里的汤洒了一地。

尚禹溪赶紧接过妈妈手里的碗，然后将她扶到客厅的餐桌边："您先和栾院长聊聊，我去弄。"

"好。"尚妈妈的声音非常平静。

走到厨房后，尚禹溪就仔细听着门外的声音，她希望将每一个字都融入自己的耳朵。

"你怎么来了？"尚妈妈看着身边的栾院长，没有一丝表情。

"美微，我来这里是想告诉你一件事……"栾院长认真地说道。

"什么事呢？"尚妈妈还是没有半点儿表情。

"我看过了珊妮医生的资料。"栾院长欲言又止："如果我没猜错的话，珊妮医生，应该是我的女儿。"

尚禹溪听到这儿，下意识地用手捂住了嘴巴。

"不是的！"尚妈妈愣了一下，继续说道："小溪不是你的女儿！"

"美微，你就不要再狡辩了，我自己本身就是学医的，所以，我有许多办法证实，珊妮就是我的女儿。"栾院长叹了口气说道。

"那又能怎么样？我们之间，现在还有什么剪不断的关系吗？"尚妈妈的声音很冰冷，让栾院长一阵沉默。

"美微，当年到底发生了什么？"栾院长最终还是问了出来。

"没有！如今，你也有了家室，还来问我这些做什么呢？"尚妈妈叹了口气，说道。

"当年，你离开后，我确实娶了一个妻子，也有了自己的孩子，可后来，我的妻子出了车祸，已经……"栾院长痛苦地说。

"您也知道我妈妈出了车祸啊？"突然门口响起了栾乔的声音。

尚禹溪赶紧从厨房走了出来，看到了不知道什么时候走了进来的栾乔，正站在那儿死死地盯着尚妈妈。

"小乔啊，你听爸爸说。"栾院长愣了一下，赶紧走了过去。

"我不要听！我才不要听你的话！"栾乔痛苦地捂住了耳朵。

"小乔，你也不小了，应该了解爸爸的感受吧？"栾院长蹙眉说道。

"了解你的感受？你什么感受？"栾乔睁大了眼睛看着栾院长："我怎么理解你？背着我去和别人一家团聚？那我算什么？"

栾院长赶紧摆手："不不不！小乔，你不要这么说。"

尚妈妈赶紧说道："不！不是这样的！你爸爸也只是想来和我解释一下当年的事，我们没有别的意思。"

栾乔冷冷地对尚禹溪说："珊妮医生，想不到你对我是有目的的，你竟然想要占有我的爸爸和我的家！"

尚禹溪茫然地摇头："不！这件事情我也是刚刚才知道啊！"

"我不管！我恨你们！"正说着，栾乔突然推门跑了出去。

栾院长也赶紧追了出去……

尚禹溪和尚妈妈看着门外跑远的两个人，再也说不出什么。

不知过了多久，尚禹溪才缓缓地问道："真的吗？妈妈，栾院长真的是我的父亲？"

尚妈妈叹了口气，然后点了点头。

不知道犹豫了多久，尚妈妈才开口向尚禹溪讲述了这件事的原委，她本不想说的，甚至已经决定要将这件事情永远地埋在心里。

当年，尚妈妈和沈夫人，还有栾院长，曾经是同一个医学院的同学，三个人能力旗鼓相当，尚妈妈和沈夫人是闺蜜，并且同时喜欢上了当时的才子栾院长。

栾院长在见到尚妈妈的第一面时，就被面前这个清秀、充满才气的女孩子吸引住了，于是，在医学院毕业后，他们在一起了。

因为尚妈妈和栾院长在一起了，所以，沈夫人很难过。

去医院实习的时候，沈夫人结识了沈家当时的少爷，于是，沈夫人赌气之下和那个少爷结婚了，并且生下了沈向北。

这看似是一个完美的结局，可是，沈夫人却一直也过不了自己心里的坎。

一次，尚妈妈和沈夫人一起为一个病人进行脑部手术，沈夫人心里一直很痛恨眼前这个处处都比自己强的尚妈妈，因为精神不集中，她的手术刀不小心割开了病人的动脉，导致了病人的死亡。

尚妈妈知道，沈夫人最想当的就是医生，如果她不能继续当医生，恐怕她会生不如死。

于是，尚妈妈只好自己将这件事承担了下来……

尚妈妈因为帮沈夫人承担了这次医疗事故，被医院开除了。当时，栾院长正在国外开会，对这件事情毫不知情。

沈夫人找到了尚妈妈，满脸眼泪地说："美微，这些年是我不对！要不是你，这次我肯定是要离开医院了。"

尚妈妈虽然难过，但还是笑了笑："不要这么说，你还有孩子要照顾，你不能让你的儿子还有沈家背上这样的阴影。"

沈夫人眼泪流了下来，她极力克制着自己，然后对尚妈妈说："美微对不起，你帮了我，可是我却没有能力帮助你，你要是日后有什么困难，一定要来找我，我肯定会帮你的！"

尚妈妈笑了笑："好啊！这件事情千万不要让别人知道，

更不能让沈家的任何一个人知道，否则，他们会看不起你的。"

沈夫人点点头："可是，栾非那里……"

"你就帮我告诉栾非，说我不喜欢他了，要和他分手，从此以后，不要让他再找我了。"尚妈妈的话说得很认真，也很决绝。此后，沈夫人就再也没有见过她。

栾院长回来后，很快就知道了尚妈妈因为手术事故而被医院除名的事情，他找了她很久，却半点关于她的消息都没有。

而此时的尚妈妈，一个人去了水城的小村子，在那里，她发现自己怀孕了，犹豫了很久，最终决定生下这个孩子。

以前，尚禹溪每次问尚妈妈，自己的爸爸去了哪里时，尚妈妈总会说道："你的爸爸是一名很厉害的医生……"

说完，她就沉默着不说话了，有的时候，甚至会伤心地独自抹眼泪。

后来，长大了的尚禹溪，就不再去问关于爸爸的问题了。

尚禹溪知道一切后，只觉得心已经提到嗓子眼了。

想不到，她一直在试图寻找的人，就这样出现在了自己的世界。

尚禹溪想到这儿，只觉得心里一阵阵的痛楚。

第二天发生的事，让尚禹溪格外尴尬。

沈夫人和栾院长齐齐坐在会议室里，屋子里坐着很多医生，尚禹溪只好找了一个较为隐蔽的位置坐了下来，不去看他们中的任何一位。

会议是关于邱总的恢复问题，免不了是要尚禹溪讲话的。她愁容满面地对身边的米娜医生说："你能帮我转述病历吗？"

米娜医生赶紧点点头："好！作为珊妮医生的得力助手，

我一定是义不容辞的！"

尚禹溪笑了笑，然后就趴在了桌子上面不再说话。

就在这个时候，门外突然缓缓走进来几个人，光是听脚步声，尚禹溪就知道来的人不少。

"听说我们医院要成为家族企业了，我特意带着股东们来看看。"说话的人，是刚刚满血复活的齐院长，因为卡盟的事情，他明显瘦了不少，人也看起来贼眉鼠眼的。

尚禹溪抬头看了看齐院长，然后将头转向一边，他这个时候来到这里，肯定不是什么好事。

"老齐啊！你说什么呢？"栾院长看了看齐院长和他身后的人，说道："既然各位股东来了，就请入座吧！"

齐院长笑了笑："我说什么栾院长不是很清楚吗？"

栾院长愣了一下，看着齐院长问道："老齐，你到底要说什么？有什么话就直说好了，何必说这些有的没的！"

"哦，既然栾院长这么坚持，那我就对各位股东们说说我最近听说的一件事吧。"齐院长笑了笑，说道："昨天，我的好侄女栾乔，也就是栾院长的女儿告诉我，她的爸爸栾院长，年轻的时候干了一件非常有损名誉的事情。"

听到这话，尚禹溪也就猜到了几分，而栾院长和沈夫人相视看了一眼，也明白了他的言下之意。

"老齐，你不要在这里信口雌黄了！你一定是因为卡盟的事情在报复我！"栾院长叹了口气说道。

"报复您？那您不妨听听，我说的事情到底和您有没有关系！"齐院长听了栾院长的话，更加的变本加厉。

"栾院长，既然齐院长这么说，我们也都好奇，您年轻的时候到底做了什么？"几个股东相视一笑，说道。

"那好，我就满足大家的愿望！"齐院长笑了笑："当年，栾院长刚来我们院里的时候，可是院草一个，有很多女孩子暗恋他。想必大家都还记得吧？"

几个股东听到后，有些不耐烦："说重点！"

"好！当时，有个叫尚美微的女孩，对我们栾院长可是一见钟情。不过，后来，这个尚美微因为手术事故而被医院除了名。当时的尚美微，肚子里已经有了我们栾院长的孩子。"

大家开始不断地唏嘘，仿佛一阵阵嘲笑刺进尚禹溪耳朵里。

"后来，我们伟大的栾院长，就这样抛弃了尚美微！当然了，还有她肚子里的孩子！"齐院长笑了笑，嗤之以鼻地看向了栾院长。

栾院长赶紧起身："不！不！我没有抛弃美微，我找了她很久……"

齐院长笑了笑："你找了她很久？那你为什么与别人结婚了？对了，还有，你的女儿不是已经来找你了吗？栾院长，你还不把你的女儿介绍给我们认识认识？"

股东们都抬头，看着面前的栾院长，一副难以置信的表情。

　　沈夫人突然起身："够了！你什么都不知道，就不要在这里信口雌黄了！我劝你好好做你的院长，不要搅和进这件事情里面！"

　　"呀！对了，我还忘记了介绍我们的沈夫人！当年，那个因为手术事故而让尚美微背黑锅的人，不就是沈夫人你吗？"齐院长满脸得意的笑容，这种一箭双雕的办法，还多亏了栾院长那个女儿栾乔呢！

　　尚禹溪看着眼前的情况，就知道，自己的身份一定很快就会被揭开。

　　几个股东的声音此起彼伏：

　　"栾院长，您倒是说说，这件事情是真的吗？"

　　"是啊！这到底是怎么回事？"

　　"沈夫人的手术事故，让别人来背黑锅？"

　　"尚美微我曾经听说过，是一个有才气的女孩，想不到，栾院长和沈夫人，竟然毁了她的前程啊！"

　　听到大家的声音，栾院长才缓缓起身看着面前的齐院长说道："老齐！你为什么一定要这样呢？"

　　"你现在只要对着大家说，我说的到底是不是真的就可以了！"齐院长笑了笑，说道。

　　"你说的……"齐院长犹豫着缓缓开口。

　　就在这个时候，会议室的大门突然开了，尚妈妈从门外走了进来："他说的都是假的！"

"你是谁？"几个股东愣了一下，问道。

尚妈妈笑了笑："我就是齐院长说的那个尚美微。"

栾院长和沈夫人看到尚妈妈后都起身，惊讶地微张着嘴巴。

身边的几个股东看着尚妈妈，缓缓地问："你真的是尚美微？那你来讲讲，到底是怎么一回事吧？"

尚妈妈笑了笑，看着面前的几个人说道："他说的事情都是假的！我当年确实出了医疗事故，可是，这件事情并不是我在为谁背黑锅，而是我自己的责任。我也确实怀了孩子，可这个孩子的父亲，并不是栾院长！"

大家明显将信将疑，就连尚禹溪都不敢相信，面前的尚妈妈竟然还在帮着他们。

"那你孩子的父亲是谁呢？为什么齐院长这么肯定地说，你孩子的父亲就是栾院长呢？"一个年轻的股东问道。

"其实，是我一直暗恋栾院长，可是，我知道我们的地位悬殊，他是医院的才子，而我只是一个名不见经传的实习医生，所以，我就将这段感情埋在了心里面，和另一个男人在一起了。"尚妈妈说的时候，没有半点儿犹豫。

尚禹溪有些吃惊，这样的话，她会成为大家的笑柄，难道她都不怕吗？

"哦！你敢保证吗？还有，你的孩子，现在在哪里？"那个股东继续问道。

尚妈妈笑了笑："既然事情已经过去了这么多年，大家就不要再旧事重提了。我和沈夫人，还有栾院长，不过就是同学关系，希望大家见谅，我一个人受大家的指指点点就可以了，不要让我的女儿也受到和我一样的待遇！"

尚妈妈的话，多半是说给尚禹溪听的，她是想要将往事都掩埋，不希望尚禹溪面对这一切。

沈夫人坐在那里，将头埋在胸前，不敢去看面前的任何一个人。

这个时候，尚禹溪却突然起身，缓缓地朝着尚妈妈走了过去。

尚妈妈一直在摇头，不想尚禹溪站出来，示意她退回去，可是尚禹溪像是没有看到一样。

她一步步走到会议室的正中间，然后看着面前的所有人说道："大家好！很明显，大家对这件事情的关注度，就好像在看一个搞笑的电视剧，每一个过程都恨不得刨根问底。"

股东们愣了一下，就一脸不屑地转过头，其中一个更是起身，然后指着尚禹溪说："珊妮医生，虽然你是国外的专家，但你也不用在这里发挥你的权威，我们毕竟是这个医院的股东，我们必须知道，医院的院长会不会给院里带来什么不良的影响。"

尚禹溪笑了笑："不良的影响？你们是嫌栾院长治病救人的数量不够多，还是齐院长造谣生事的数量不够多呢？"

齐院长听到尚禹溪的话，就径直走过来，指着她说道："我隆重地向大家介绍一下，眼前的这位珊妮医生，就是尚美微和我们栾院长的私生女！"

听到齐院长的话，大家似乎也都没有怎么提起兴趣。

尚禹溪依然微笑着，表情没有半点儿变化："我妈妈已经说了，我的父亲并不是栾院长，当然，我曾经也很希望我有一个像栾院长这样疼爱女儿的父亲。可是，我的父亲真的不是栾院长。"

大家看着齐院长一脸疑问的表情。

"如果真的是的话，没理由我不与栾院长相认。更何况，栾院长已经没了妻子，而我母亲也没了丈夫。"尚禹溪说到这儿，眼睛里闪过一丝泪光，接着就看到沈夫人看向了自己，她将头转过去，避开了沈夫人的目光。

"另外，我还要说一件事。医院的病人，不会去关注院长的私人生活，他们只会关注院长是不是有能力照顾好每一个病人。当然，这一点，栾院长真的做得无可挑剔，而我们的齐院长就有些差强人意了！"尚禹溪说着,将头转向了齐院长，然后笑了笑："大家应该还记得卡盟的事情吧？"

股东们纷纷点头，并看着尚禹溪，想知道她要说些什么。

尚禹溪笑了笑："当时，卡盟集团出事后，院里要求齐院长将所有卡盟的药品进行回收。可是，齐院长却没有这么做！"

齐院长赶紧摆手，一脸肯定地说："我回收了！我一粒药都没有剩下！"

尚禹溪笑了笑："齐院长真的是习惯狡辩啊！不过我要告诉大家的是，几天前，邱总因为卡盟的药品中了毒。这件事，满院皆知，可我们的齐院长，竟然否认有这么一回事！唉，看来齐院长工作起来也不算太认真啊！"

尚禹溪说完，齐院长就指着她大声地说："我是院长，你有资格如此指责吗？"

尚禹溪还是很平静，脚上的高跟鞋稳稳地向前迈了一步："这么说的话，齐院长是承认自己的过失喽？"

齐院长一时语塞。

几个股东突然起身，看着齐院长问道："真的有这回事？你竟然没有告诉我们！那是邱总！你知道这会带来多严重的后果吗？"

"是啊！我还以为，利兹不会给我解决这件事了呢！"突然，邱姑姑推着邱总，走了进来。

"邱总，您身体刚好点儿，怎么可以出来呢？"齐院长赶紧迎了上去，看着邱总认真地说。

"既然这件事情是你引起的，那齐院长对不起，我是不会原谅你的！各位董事会的成员，我现在想询问大家的意见。"邱总干咳了几声，说道。

董事会的成员们齐齐点头。

邱总笑了笑："如果不将齐院长从利兹除名，我和沈夫人都会从利兹撤股，而且，栾院长也会转院到沈夫人的医院。"

股东们听到后，顿时一片哗然。

讨论了一会儿后，几个股东站出来，说道："既然这样的话，那我们就请齐院长回家休息吧。本来齐院长就在院里起不了什么决定性的作用。"

"是啊，是啊，既然这样的话，就请齐院长回家休息吧！"

尚禹溪看着邱总，不知道该说什么才好，想必，他一定是因为知道了这件事，才特意过来救自己的。

正在这个时候，邱姑姑朝自己笑了笑，然后摆摆手，意思是一会儿见。

尚禹溪赶紧点了点头。

在大家的议论声中，齐院长也觉得自己无地自容，于是，没等大家说完，他就逃也似的离开了。

股东们见事情解决了，就起身对邱总说道："邱总，是这样的，我们希望栾院长继续留在利兹，还请您多多照顾。"

邱总笑了笑："既然这样，那就继续合作吧！不过我要告诉大家一下，请大家不要再做捕风捉影的事情，院长的私人生活，真的没有什么可以关注的，还请大家多关注医院的情况！"

说完，邱总一摆手，被邱姑姑推着出了门。

尚禹溪笑着走到尚妈妈面前，将她扶到一边坐了下来。

　　股东们见事情解决了，陆续离开了。院里的护士和医生，也都各自忙去了。

　　整个会议室里，只剩下尚禹溪和尚妈妈，还有沈夫人和栾院长。他们尴尬地对视着，最终还是沈夫人打破了沉寂："美微，我对不起你，这么久了，到现在还要你来替我解决这些事情。尚小姐，不！小溪，对不起，是阿姨的一时糊涂，阿姨以后不会再去干涉你和向北的事情了。"

　　尚妈妈笑了笑，然后朝沈夫人说："夫人，我这样做，是不希望我们一大把年纪了，还被指指点点，我已经被人指点了一辈子，我不希望我的女儿和你们，受到和我一样的伤害。"

　　听到尚妈妈的话，沈夫人异常激动地看着尚妈妈说道："美微，我对不起你！"

　　话音刚落，两行热泪就夺眶而出。

　　栾院长也朝着尚禹溪走过来，笑了笑："虽然可能有点晚了，但我也算在还活着的时候见到了你。小溪啊，我真庆幸你是我的女儿！我有你这么优秀的女儿，真的很开心！不知道你还愿不愿意认我这个爸爸？"

　　尚禹溪没有说话，她的脑子里一遍遍地播放着这些年她和妈妈所受到的伤害，她也记得，当时沈夫人指着自己的鼻子，一字一句地说："你要多少钱才能离开我儿子？像你这种女孩我见得多了！母亲就不检点，自然你全身都是一些狐媚功夫！不过你放心，有我在一天，我就不会让我儿子和你这种人在一起！"

这句话到底在尚禹溪的心里面戳了多么深的一道伤口，或许，只有她自己知道。

她没有说话，而是仰起头，平静地对面前的栾院长说道："我是来道别的，我要和我妈妈回美国了，希望栾院长您能够批准。"

说完，尚禹溪转过头，看着尚妈妈说道："妈妈，我们回美国吧，可不可以？"

尚妈妈笑了笑，然后点点头。

接着，尚禹溪转过头，看着沈夫人说道："沈夫人，我必须感激您儿子为我做的一切，但我们是绝对不可能在一起的。我不想再回忆起以前的事情，还请您装作不认识我。"

尚禹溪说完，就拉起了尚妈妈的手，一步步走了出去。

身后的两个人看着尚禹溪坚定的背影，心里五味杂陈。

送妈妈回到公寓后，尚禹溪就赶紧去找了邱姑姑，当然，她这一趟是来道别的。

刚进门，尚禹溪就看到邱姑姑和邱姑父分坐在邱总病床的两边，邱先生站在一边看着病床上的邱总。

看到尚禹溪，邱姑姑赶紧起身："珊妮，你没事了吧？"

尚禹溪点点头："真是太感谢您和邱总了，要不是您和邱总的帮助，我和妈妈很难全身而退。"

邱总努力抬起手，朝着尚禹溪摆了摆手："珊妮啊，过来。"

尚禹溪赶紧走过去，但却看到邱总的脸色似乎很不好。

"邱总，您是不是哪里不舒服啊？"说着，尚禹溪从口袋里拿出听诊器，正准备要给邱总测一下心率。

"不用了，我没事。"邱总笑了笑："你就叫我爷爷吧。小凯的事情我都知道了，毕竟，他这么做，都是被仇恨冲昏了头脑。"

尚禹溪愣了一下，然后点点头。

"珊妮啊，我想请你帮我一个忙，你就算可怜可怜我们邱家吧……"邱总突然开口说道。

尚禹溪赶紧点点头："爷爷，您说。"

邱总此时似乎每说一句话都很吃力，但还是撑着自己的身体说了下去："珊妮啊，你邱姑姑和姑父，一直没有孩子，你邱姑姑很喜欢小雨，你能不能经常带小雨去看看她？"

尚禹溪赶紧点点头："一定！"

"到时候，等我死了，我把邱家的一切都交给小雨。"邱总继续吃力地说道。

"不不不！小雨还是个孩子，她不行的！"尚禹溪愣了一下，赶紧说道。

"珊妮啊，你就听爷爷的话吧，这是爷爷最后的心愿了。"邱姑姑叹了口气，抹着眼泪说道。

"珊妮，小雨还小，但是，你是可以继承邱家的。你的智慧，足以让邱家度过每一个难关。"邱总说到最后，又开始干咳，邱姑姑只好将他扶起，然后轻轻帮他拍了拍背脊。

尚禹溪赶紧摇摇头："邱总，您可以等邱泽凯回来将公司交给他。"

邱总笑了笑："不行的，小凯的这件事，肯定已经被公司的董事知道了，如果小凯继承了公司，会受到很大的威胁。"

尚禹溪没有说话，就在这个时候，邱总突然一口气没提上来，晕了过去，他的眼睛直直地看着窗外，似乎在等着某个人回来。

尚禹溪立刻给邱总做了急救，可是，邱总的病情却急剧恶化，还没等尚禹溪急救结束，他的生命体征已经完全消失了。

这一切发生得太突然，家里人都有些措手不及，尚禹溪更加难以置信，以她的经验来说，每天准时吃药的话，病人是不会出现这种情况的。

就在邱总病逝的半个小时后，护士在邱总的枕头下面，发现了零零散散的药片。

尚禹溪这才明白，原来，邱总一直都没有吃药，他自己选择了结束生命。

而尚禹溪却突然觉得很惭愧，邱总每天的病情都在恶化，她竟然没有发现。

作为一个主治医生来说，这的确是她失职了……

邱总去世后，尚禹溪觉得自己似乎已经没有什么留下来的理由了，于是，就写了信寄回美国，请斯蒂芬医生将自己调回去。

她知道，如果自己去向栾院长辞职，他们都将承受痛苦。

尚禹溪将信送出去后，顺路走进了利兹附近的一个小餐馆。

刚坐下，就看到沈向北穿着一身笔挺的西装走了进来，还没等尚禹溪反应过来，他已经坐在了自己的面前。

尚禹溪看着面前的人，缓缓地问："你怎么来了？"

"他们说的都是真的吗？"沈向北愣了一下说道："当年的事情，尚阿姨真的是替我妈妈承担医疗事故才会被医院除名的吗？还有，你真的是栾院长的女儿？"

尚禹溪听到他接连不断的提问，摇了摇头："不！这两件事都是假的。我不想再提了。"

沈向北目光直直地看着她："不！我了解你，这两件事情都是真的！"

尚禹溪笑了笑："你不要想着补偿我，或者是将你妈妈的过失都背在自己身上，然后来对我好！"

沈向北将头低下，像是赎罪："很对不起！我不知道当年的事情……我要替我妈妈向你和尚阿姨说声对不起。"

"我其实很难想象，当年我妈妈见到你，知道你是沈家的少爷时，心里到底承受了多少挣扎！如果是我的话，或许我会觉得这是最可笑的讽刺！你们享受着成功给你们带来的一切荣耀，而我和我的妈妈，则苦苦地活在这个社会的底层，甚至连吃顿饭的钱，都需要向你伸手。"尚禹溪笑了笑，表情里是充满凄凉。

"你知道的，如果有可能，我宁愿和你交换！"沈向北微微蹙眉，表情很痛苦。

尚禹溪没说话，将头转向了窗外，看着外面零星走过的人，她突然开口笑了笑："我要离开了。"

"去哪里？"沈向北很紧张地问道。

"我要回美国了。邱总已经去世了，我也没有了留在这里的理由，我要去应该属于我的地方去了。"尚禹溪笑了笑："再见。"

"不可以！"突然，沈向北拉住了尚禹溪的手，他猛烈地摇头："不可以！你为什么一定要离开我？"

"许多年前，我以为和你在一起就是爱，可现在我终于明白了，我和你在一起，只是依赖而已，我依赖你。"尚禹溪肯定地说。

"不！你看不出来吗？我真的爱你，从一开始，就爱你！"沈向北愣了一下，痛苦地说。

尚禹溪笑了笑："是吗？如果有缘的话，下辈子，我希望我们是一样的人。"

沈向北愣了一下，看着尚禹溪没说话。

"教授哥哥！"突然，一个如同快乐的小燕子一样的声音传来，扑在了沈向北的身上。

尚禹溪不用看都知道，这个人一定是栾乔。

看得出，栾院长对这个女儿的宠爱，即便她做了伤害自己父亲的事情，依然能够像这样，仿佛什么都没有发生。

沈向北将身体往一边挪了挪，目光依然落在尚禹溪的身上。

"你们聊，我先走了。"尚禹溪笑了笑，起身走了出去。

沈向北试图站起来，却被栾乔紧紧地按住。尚禹溪没有回头，她知道，这一刻，看到沈向北，哪怕是一个影子，都会让她心碎。

"小溪啊，看得出来，你依然喜欢着那个沈向北。"回到公寓，尚禹溪正坐在客厅里面看杂志，就听见尚妈妈的声音。

"喜欢又能怎么样，我终究是不属于这里的。我已经决定要离开了，就不会走回头路。"尚禹溪笑了笑："您当年不也是这样的吗？"

尚妈妈苦笑着说："我真希望你不要太像我。你和我越像，我越觉得我们的命运很可怜。"

尚禹溪起身，拖地的真丝睡袍在地上摆出了一道完美的弧线，她仰起头，又将头转过来看着尚妈妈："我可是遗传了您坚强性格的尚禹溪啊！怎么会可怜呢？那些恨我的人，要觉得我可恨才是啊！"

说完，她就哈哈地笑着，试图掩饰自己的悲伤。

可这一切都被尚妈妈看进了眼里："或许，我就不应该回来。如果我不回来的话，你就不会得知这么多残忍的真相。"

尚禹溪还是笑着："残忍吗？我倒是觉得，这是一次很好的经历啊！"

尚妈妈笑了笑："你不是一直想知道，你的爸爸到底是谁吗？现在知道了，会是什么样的感觉呢？"

尚禹溪走到一边坐下来，声音很平静："我第一次见到栾院长的时候，他说我像他的女儿，我那个时候其实也觉得，或许我的爸爸就是那个样子的！"

尚禹溪停顿了一下，继续说道："他穿着笔挺的西装，脸上总是挂着和蔼的笑容，我做每一件事，他都会包容我。"

尚禹溪说着说着，眼泪就落了下来，尚妈妈疼爱地看着她："我明白，你现在之所以不肯去认他，是因为……"

尚禹溪摇摇头："是因为我不知道，这个伤害了我们的人，到底是不是真的爱我们的。"

尚妈妈笑了笑："是啊，连我都不知道，这么多年过去了，当时那种相爱的感觉，还在不在了。"

那种相爱的感觉，还在不在了……

尚禹溪随手翻了一下杂志，最新一期的杂志上登了沈向北接受采访的报道，看到他的笑脸，他那清澈的眼睛，尚禹溪的眼泪就又开始在眼眶里打转。

她和沈向北之间，似乎永远也躲不开这宿命的安排。

后一秒，她已经将沈向北的照片剪了下来。这些年，她的爱好，就像她对沈向北的感情一样，从未有过半点转移。

第二天，尚禹溪和尚妈妈拖着行李早早地来到了机场，她们走得很匆忙，以至于没有来得及通知院里的任何一位。

就在尚禹溪和尚妈妈坐在候机厅的时候，突然，他们看到沈夫人和栾院长走了过来。

尚禹溪将头转到了一边，不想让自己的眼泪被任何人看到。

"美微。"沈夫人走到尚妈妈身边，迟疑着叫道。

"沈夫人，不知道您来这里，有什么事吗？"尚妈妈很平静，脸上甚至没有一丝波澜。

"美微，你不要走了，就留下来吧。我已经和院里坦白了这件事，他们说要还你清白。"沈夫人极力挽留道。

"不用了。你知道的，我根本就不想要什么解释，我也不想再去将这一切解释给任何人听？你好好保重吧。有生之年，希望还能见到你。"尚妈妈说着，从口袋里拿出了个折叠整齐的手帕："这个给你，你应该还记得吧？"

看着手帕，沈夫人愣住了："我当然记得。这是当年，我送给你的。"

尚妈妈笑了笑："是啊，你果然还记得。那个时候，你割伤了患者的主动脉，满手都是患者的血。事后，我给了你我妈妈绣给我的手帕，你还给我这个……"

沈夫人愣了一下，惭愧地低下头："我当年并不知道那个手帕对你来说的意义。"

尚妈妈笑了笑："是啊，我也没有怪过你。这个手帕我一直留着，我一直都在等着一个机会，能亲手将它交给你。"

沈夫人摇摇头："不，美微，这个送给你，就不需要还了。我希望你不要走，让我好好地补偿你。"

尚妈妈摇摇头："不了。我女儿的意思，是不想再留在这里了，那我们还是回去更好。我们已经老了，做的很多事情都是为了自己的孩子。"

沈夫人赶紧走到了尚禹溪的面前："小溪，我已经将当年的事情都告诉向北了，他正在赶过来，你等一等他，他马上就来了。"

沈夫人的脸上全是泪水，没有化妆的脸看起来有些沧桑。

尚禹溪摇摇头："不了。我们马上就要登机了。"

沈夫人赶紧拉着尚禹溪的手，摇头说："不不不，小溪，你帮我劝劝你妈妈，让她留下吧！我要赎罪！小溪！"

尚禹溪笑了笑："我妈妈从来都没有怪过您，您不用再介怀的。"

广播里不停播放着航班信息，栾院长走了过来，看着尚妈妈说："美微，你留下吧！我宁愿放弃一切……"

猝不及防地，尚妈妈的眼泪流了下来。

"我会娶你，和你去一个没有人认识我们的地方，度过余生。"栾院长的话，信誓旦旦，甚至连尚禹溪都已经被这种誓言感动了。

"不，我们已经老了，我也已经习惯了这种没有你的日子，你要照顾你的女儿，而我也要照顾我的女儿，我们之间就这样吧！希望来生，我们会相伴一辈子。"尚妈妈说完，便提起了行李朝着登机口走去。

尚禹溪也起身提起了行李，看了他们一眼，朝着登机口走了过去。

身后，栾院长突然朝着她跑了过来："小溪，你能叫我一声爸爸吗？"

尚禹溪笑了笑："我的记忆里，我是没有爸爸的。"

栾院长呆呆地站在那里，两行老泪流了下来。

其实，他有很长一段时间，都是恨尚美微的。

他恨她的不告而别。

如果当年的他，知道尚美微曾经在那种苦难中活着，他是一定不会让她就这么离开的。

而且，一定会坚持找下去。

尚禹溪在走进登机口的瞬间，似乎听到了沈向北的声音，那声音仿佛只是昙花一现，尚禹溪回头张望，却什么都没有看到。

不是说他会来的吗？想不到，又是匆匆一别……

回到美国后，尚禹溪和她妈妈算是回到了自己原本的生活，她强迫自己不去收集沈向北的资料，也好久没有听到关于沈向北的消息，好一阵子，似乎沈向北真的消失了。

尚禹溪总是坐在自己办公室的桌子前，等着头顶屏幕上播放国内医学界的消息，可是，每天等来的都是空白。

她越来越担心，是不是利兹发生了什么。

又或者，沈向北发生了什么。

终于，医院里来了一批新的留学生。

其中的一个女孩拿着一张照片向大家炫耀："你们知不知道，我为了拍这个照片可真是煞费苦心！差点儿掉进人工湖里面呢！"

尚禹溪笑了笑，以为一定是在偷拍某个医学院的校草。

"这个可是鼎鼎大名的沈教授啊！你们还记得吧？就是我们医学院曾经的校草啊！智商严重超标的那个！"女孩继续炫耀。

尚禹溪愣了一下，走过去朝她笑了笑："能给我看一下吗？"

女孩笑了笑："当然了！学姐，您也是第一医学院毕业的吧？您知道沈向北教授吗？"

尚禹溪摇摇头，接过了照片。

照片上面，一个穿着西装的男人，身边跟着一个穿着白衬衫，一脸笑容的女孩。

男人，是沈向北。

女孩，是栾乔。

尚禹溪的笑容瞬间僵硬了下来，她将手里的照片递了过去，说了句："原来沈教授长这个样子。"

女孩笑了笑："可不是嘛！超级帅啊！"

尚禹溪没说话，而是随手拿起了自己的论文，朝着斯蒂芬医生办公室走去。

在走到斯蒂芬医生办公室门口的时候，她停住了脚步，转身朝着一边的休息室走去。在走进休息室的瞬间，她的眼泪顿时奔涌而出，她捂着自己的眼睛，极力想要压制住自己的眼泪。

可是，无论她怎么努力，泪水还是倾泻下来，模糊着她的双眼。

Chapter 12
婚礼上的扭转乾坤

回到美国的三个月后，尚禹溪看到了关于沈向北的新闻。

沈家少爷和栾院长女儿结婚的消息铺天盖地，她看着自己办公桌上面的那个屏幕，一时不知道该如何是好。

她认真地看了一遍，的确是国内知名医学世家公子沈向北要娶利兹院长女儿的消息，这在业界是一件大事，就等于这两家医院终于要联合起来了。

尚禹溪足足看着屏幕发呆了一个小时，才缓过神来。

医院的女孩子们都在摇头："怎么会这样？沈少爷疯了吧？竟然会和那个疯女孩结婚？"

"是啊！我可是见识过那个栾乔，太可怕了！长得还可以，配沈教授还是差点儿！"

尚禹溪朝她们笑了笑："工作吧，不要说那么多了。"

尚禹溪虽然嘴上这样说，可是自己的心里还是一阵阵地绞痛。

没想到，下午的时候，她就看到了一位故人——纪廉青。

"哟！我们的大医生每天都很忙嘛！"纪廉青刚走进尚禹溪的办公室，就开玩笑地说。

尚禹溪笑了笑："您怎么有空过来啊？纪教授。"

纪廉青摆摆手："什么教授？比你和沈向北可差远了！"

说到沈向北，纪廉青就闭上了嘴巴，一副尴尬的样子。

"今天来这里找我，有事吗？是不是沈向北出了什么事？"尚禹溪有些紧张地看着纪廉青。

"当然是沈向北那家伙出了事！"纪廉青一脸平静地坐在了尚禹溪身边的椅子上，然后肯定地点头。

"什么？他出了什么事呀？"尚禹溪惊讶而且紧张地问。

"你应该已经知道了吧？向北要结婚了。"纪廉青看着尚禹溪缓缓地说。

尚禹溪紧张的情绪有所缓和，点点头说道："是啊，已经知道了。"

"我要说的就是这件事。向北给你准备了请柬，让我带来给你。"纪廉青伸手从自己的口袋里掏出了一份包装非常用心的请柬，然后递给了尚禹溪。

尚禹溪愣了一下，还是接了过来，然后缓缓地打开。

里面的内容非常简洁，就是请尚禹溪和尚妈妈去参加他和栾乔的婚礼。

尚禹溪抿了下嘴唇，然后将请柬合上："我知道了。"

"光知道有什么用啊？向北可千叮咛万嘱咐，一定要让你去啊！你要是不去，他结婚都不能幸福了！"纪廉青笑了笑，然后一本正经地说道。

尚禹溪笑了笑："嗯，我一定参加。"

"那就好，你千万不要忘记了。要不然，向北会生我气的！"纪廉青看着尚禹溪，傲娇地笑了笑。

他离开后，尚禹溪失落了好一会儿，她看着面前的桌子上，那一本子关于沈向北的全部消息，只觉得自己很可笑，似乎做了一件全天下最可笑的事情。

她将那个本子狠狠地扔进了身边的垃圾桶，却又因为舍不得，而捡了出来。

几个实习的医生走过来，看着尚禹溪一脸羡慕地说道："珊妮医生，想不到沈教授结婚，您竟然被邀请了！我真是太羡慕您了。"

尚禹溪笑了笑："有什么好羡慕的，如果你们想去的话，那我送给你们好了！"

说着，尚禹溪就将自己手上的那份请柬递了过去。

几个实习医生赶紧接过去："这是沈教授的请柬吗？好精致哦！"

尚禹溪笑了笑，没有说话。

最后，那份请柬再次回到了尚禹溪的手里。

她坐在办公室不停地犹豫着，到底是去呢，还是不去呢？

如果去的话，一定会见到许多人的。

如果不去的话，沈向北一定会很失望。

她拍着自己的头，猛烈地摇动："不！他怎么可能失望呢？他一定高兴都来不及呢！"

正说着，突然身后传来了一个清晰的男音："你是在说我吗？"

尚禹溪摇摇头，没有回头，说道："没你什么事，去查房吧！"

身后那个人却完全没有要离开的意思："我不想去查房啊！我千辛万苦来的！"

尚禹溪有些不耐烦，但还是耐着性子说："我很忙，如果你有什么事情的话，请您去找实习医生，他们会帮你解决。"

"我是来找你的，不是来找别人的。"那个声音突然有些低沉，尚禹溪几乎是在这一刻完全石化了。

怎么可能……

她身后的那个人，竟然是沈向北。

尚禹溪愣了一下，机械地看向他："你怎么会在这里？"

沈向北留着利索的短发，看上去像是一个还在校园的大学生。

那帅气的脸上挂着一抹微笑，引得尚禹溪身边的同院医生纷纷侧目。

"因为有个会要开，我就特意过来了，想看看你……"沈向北的尾音拉得很长，有些犹豫。

尚禹溪笑了笑："怎么敢劳烦沈教授呢？"

"我的结婚请柬，你收到了吗？"沈向北愣了一下，最终还是问了出来。

"收到了，好好地保存在这里呢！"尚禹溪说着，朝那个夹着沈向北照片的本子指了指。

沈向北笑了笑："嗯！那你一定要记得来啊！"

尚禹溪点点头："好，一定！"

沈向北愣了一下："我已经知道当年你离开的真正原因了。"

尚禹溪没说话，低着头，似乎在想着什么。

"你为什么不告诉我呢？我就知道，当年，是因为我妈妈的话，让你远走他乡的，我一定……"沈向北缓缓地说。

"你一定？你一定怎么样？我每一次见到沈夫人，都会想起那天的一切！"尚禹溪摇着头，表情有些痛苦。

"我妈妈也只是为了我，这件事情的罪魁祸首是我，是我害了你，你应该恨我才对啊！"沈向北看着尚禹溪，愣了一下说道。

"当时你将我妈妈在酒吧工作的事情告诉了你妈妈，你就应该知道，这一切都是避免不了的。"尚禹溪笑了笑，说道。

"我没有……"沈向北愣了一下，摇头道。

"没有？只有你知道我妈妈在酒吧上班的事情，可是，你却将我让你保密的事情告诉给了别人，你知道，我当时有多恨你吗？"尚禹溪看着沈向北，认真地说。

"真的不是我！小溪你应该了解我的，如果真的是我的话，我一定会承认的！"沈向北看着尚禹溪说道。

"是啊！你是一定会承认的！而且，你也不会将这件事情告诉别人的！"听了沈向北的话，尚禹溪缓缓地说。

她似乎明白了什么，也许当年的事情，不过是沈夫人自己查到的，而她，却因此记恨了他这么多年……

"小溪……"沈向北刚要说话，尚禹溪就打断了他："你都是要结婚的人了，我祝你新婚快乐吧！栾小姐，很可爱。"尚禹溪缓缓地说。

"小溪，她是你的妹妹啊！"

"是啊！我知道她是我的妹妹，可我不想承认。"尚禹溪平静地说道："我不想我们从一开始，那种天与地的落差就这样产生在我们的世界里。她拥有的，是本该属于我的东西……"

沈向北摇摇头："别这样，小溪……小乔因为之前发生了太多事，完全变了，她不再那么刁蛮任性了。"

尚禹溪冰冷地说："这和我有什么关系？"

沈向北一时不知道该说什么。

似乎尚禹溪眼里的那抹仇恨是很难消失的了。

"珊妮医生，有个病人，大脑皮层有些异常！"这时候，有个护士跑进来朝着尚禹溪喊道。

"好！知道了。"尚禹溪说着，就起身朝门口走去，一边走一边对沈向北说道："失陪了。"

沈向北点点头："没关系。"

走出门后的尚禹溪，只感觉自己的心脏被点起的一把火又完完全全地熄灭了。

而沈向北看着尚禹溪办公桌上面那个奇怪的本子，忍不住走过去，翻开……

上面，全是他的照片，而且每一张照片都有标注，甚至，连杂志的期号和页码都有。

他一页页地翻着，就好像看到了尚禹溪独自来到美国的这四年到底发生了什么。她的每一天都有自己，而自己的每一天都感觉不到尚禹溪的一点气息。

她陪着他，关注着自己的一点一滴。每一句话，每一个照片，每一个微笑……

沈向北突然觉得有些失落，又有些喜悦。

那边，尚禹溪冷静地处理着患者的病症，却一直困惑着：自己为什么那么执着地拒绝他，到底是不喜欢他了，还是因为自己没有办法对沈夫人当年做的一切释怀呢？

尚禹溪不知道该说什么，直到回到家里，从尚妈妈口中知道了关于沈向北的消息……

沈向北三个月前出了车祸……

尚禹溪几乎是睁大了眼睛，车祸……是因为车祸，所以那天，他才没有来机场的……

如果他来机场了，或许尚禹溪真的会跟他回去。

那天，站在飞机的最后一节台阶上，尚禹溪张望了好久，她甚至以为，或许这个时候，沈向北会突然出现，然后带着自己离开。

可是，无论怎样等待，通向候机室的大门，一直都没有人……

直到最后的一刻，尚禹溪才失望地走进了机舱。

她觉得，自己也许真的已经失去了，她失去了沈向北，也让他们之间的最后一点联系彻底化为了乌有。

她在美国已经三个月，这三个月的时间里，沈向北一直在住院。他因为去找她，开车太急，出了车祸。

她没有想到，沈向北竟然会为了自己超速驾驶，不顾自己的安危也要见她最后一面。

尚禹溪想到这儿，一阵阵地心痛。

"唉，我可怜的孩子，想不到，你和向北竟然会遇到这样的事情。"尚妈妈看着尚禹溪叹了口气说道。

尚禹溪笑了笑："这就是命运吧。"

她回到美国的头三个月，简直是她人生最最痛苦的一段时间，她每天都早早地起床，然后坐在窗前，看着窗外来往的人群。

经常会一整天茶饭不思。

她会在电视机前，看着新闻发呆一整天，尚妈妈知道，这都是因为那种失去给尚禹溪心里叠加了沉重的包袱。

尚妈妈点点头："或许真的有命运这一说法吧！"

尚禹溪笑了笑，将手上的请柬递给了尚妈妈："我们一起去，一定要漂漂亮亮地回去。"

尚妈妈一边笑了笑，一边点了点头。

沈向北的婚礼定在了一个月后，尚禹溪熬过了最难熬的三天，日子突然变得很快，好像没几天，就到了沈向北结婚的日子。

尚禹溪提前三天，打包好了行李，挑选出自己最喜欢的几件衣服，一起打包进了行李箱。

跟尚妈妈上飞机的那天，许多同事过来送她，也给她的手里塞了不少的礼物，都是送给沈向北的。

尚禹溪扫了一眼，然后尴尬地接了过去，塞进了包里。

真难以想象，当她从包里面拿出这些礼物的时候，到底有多少人会笑得说不出话来。

这分明是一些纯情少女才会送的礼物。

尚禹溪有些抱怨，可最终还是将它们带了过去。

因为尚禹溪是利兹的特聘医生，所以，利兹破天荒给尚禹溪准备了一间最大的套房公寓。

"请问住在那里的沈教授呢？"尚禹溪从利兹的套房出来，向沈向北的那个房间走过去，就看到沈向北的房间已经搬空了，里面似乎已经没有人了。

她话音刚落，身边值班的护士就摇了摇头："沈教授已经搬走了，您还不知道吧？"

尚禹溪点点头："他搬去了哪里呢？"

"据说，他因为要娶栾院长的女儿，所以刚刚入手了一套豪宅，当然是搬去豪宅了。"护士笑了笑，一脸的憧憬。

是啊！他们都要结婚了，自然是会搬去自己的家住啊！

尚禹溪想着，就觉得心里一阵阵的难过，她曾经还以为，这个会嫁给沈向北的人，会是自己呢！

而现在，却要眼睁睁地看着他和别人结婚。

她茫然无措地看着面前那两间空房子，傻傻地站在那里，站了很久。

为了帮邱总实现愿望，尚禹溪将小雨寄养在了邱姑姑那里，她利用这几天特意去看过了小雨。邱姑姑说，沈夫人常常会去看小雨，而且，沈向北也经常会跟着一起去。

尚禹溪没有说话，而是抱起了小雨，这一抱，才想起了那些同事托自己交给沈向北的礼物。

尚禹溪赶紧带着那些礼物出了门。

她犹豫了很久，本来想要给沈向北打一个电话，可是，又不知道自己打过去电话后，到底能不能说出一句话。

于是，尚禹溪给沈向北发了一条信息，信息的内容只有一个地址。

这个地方，是第一医学院附近的一家小餐馆，尚禹溪是凭着记忆找到那个地方的，这也是一个有着他们共同记忆的地方。

尚禹溪坐在那里，以前从未感觉到这个城市的变化是那么的大。

餐馆里面的红色桌面，不知道什么时候换成了白色，墙壁上原本只是零星的几个签名，如今已经扩散到了整面墙壁。甚至有几个写不下的名字还重重地在别人的名字上面描了几笔。

尚禹溪走到了那面签名墙前，小心翼翼地查找着自己和沈向北的名字。

这个地方，是他们第一次吵架的地方……

那天，尚禹溪觉得，或许自己会和沈向北就此决裂，所以，他们将自己的名字分别写在了墙壁的最两头。

他们吵架的原因有些可笑，又或者，这只是尚禹溪一个人的独角戏，沈向北根本没有兴趣参与其中。

那天，尚禹溪正和一个同事说起沈向北下月要参加比赛的事情，就看到沈向北在一边的篮球场上挥汗如雨地打篮球。

尚禹溪觉得，如果不复习，他的比赛肯定会失败的。于是，她就站在球场边，朝里面的沈向北摆手。

沈向北放下球，走到她身边："怎么了？你怎么好像不开心啊？"

尚禹溪摇摇头："没有。我只是想告诉你，你应该去复习一下。"

沈向北笑了笑，摇头："不要！你在这里看我打篮球好不好？给我助威！"

尚禹溪愣了一下，问道："你真的不要去复习吗？明天可就要比赛了呢！"

沈向北还是笑着，将球放在了尚禹溪脚边。

她突然觉得，似乎沈向北不是特别重视自己的意见，更不重视她，于是众人对自己的讽刺，就又一次在耳边回响。

尚禹溪深吸了一口气，然后头也不回地朝着操场外走去。

不知道走了多远，尚禹溪找到了这家小店，她刚走进去，沈向北就跟了进去。

尚禹溪没有看他，而是将头转向了一边，看着那面写了几个名字的墙壁。

沈向北走到她的身边，然后笑着说："要不这样吧！这次的比赛，如果我赢了，那你就答应以后一定要嫁给我！"

　　尚禹溪愣了一下，没有说话，而是走到墙壁那边，在墙壁的最左边完全没有人会注意的位置，写上了自己的名字。

　　而沈向北则看着她，独自走到了墙壁的另一边，写上了自己的名字，他们成了这个房间里面，距离最远的两个名字。

　　尚禹溪看着沈向北，气不打一处来，哪有情侣会将签名写得那么远，这一定不吉利啊！

　　尚禹溪想着，就赌气坐在了椅子上，沈向北也不说话，微笑着看写的字。

　　尚禹溪固执地以为，这是沈向北给自己的分手暗号，所以，一脸忧愁地看着面前的墙壁，不去理他。

　　"怎么了？"沈向北小心翼翼地推了尚禹溪一下。

　　"你不重视我……"

　　"我当真很重视你啊！"沈向北一脸哀怨。

　　"那你为什么不去复习呢？"尚禹溪看着沈向北问道。

　　"那是因为要考的部分我都会啊！"沈向北假装没好气地说。

　　"你为什么要把名字写得那么远？你难道不知道吗，写得近的两个人才会永远在一起。"尚禹溪愣了一下说道。

　　"还有这种离谱的说法？"沈向北愣了一下，很认真地问道。

　　"是啊！当然有了！"尚禹溪继续说道。

　　这个时候，尚禹溪就看到沈向北突然起身，朝着墙壁走过去，接着，一条长长的线出现在了他们名字之间，将他们名字连接在了一起。

墙壁的正中间，沈向北写了巨大的两个字：喜欢！

"你……"尚禹溪尴尬地愣了一下，然后看着他问："你这是什么意思？"

沈向北伸着手，指着尚禹溪的名字，然后说道："尚禹溪喜欢沈向北！"

尚禹溪愣了一下，有些害羞地将头埋在了手臂中间："你太坏了！竟然这样做！"

"我很无辜的，我只是想告诉你，无论如何，我都会让我们在一起！"沈向北笑了笑，平静地说道。

那次的比赛，沈向北果然赢了。

他站在领奖台上的时候，只对着麦克风说了一句话："记得我们的约定哟！"

尚禹溪感动得一塌糊涂。她知道，沈向北的话，是对自己说的。

可是，如今……

尚禹溪找到自己的名字后，顺着那根线，一直找了下去，中间的那个沈向北亲手写上的"喜欢"依然留在那里，可横线的中间，却多出了许多人名。

顺着线继续找下去，就看到了沈向北的名字，似乎被人描了许多遍，每一遍都用了不同颜色的笔。

尚禹溪看着沈向北的名字，许久后才叹了口气。是啊！真的变了。

"那是我写的！"突然身后响起了沈向北的声音。

尚禹溪缓缓地退了回来，镇定地走到了一边坐下："你说什么？"

"我说，那是我写的，每次我想你了，都会来到这里，然后认真地将我的名字描上一遍。"沈向北说得很轻松，似乎在说一件不属于自己的事情。

尚禹溪愣了一下，然后说道："我今天是来给你一些东西的。"说着，尚禹溪就从口袋里将那些包装精美的小礼物拿出来，放在了沈向北的面前。

"这是你送我的？"沈向北诧异地睁大了眼睛，问道。

"不，这不是我送你的，这是我们院里那些女孩子送你的。她们特意嘱咐，让我交给你。"尚禹溪缓缓地笑了笑，然后准备起身离开。

"就只有这件事吗？"沈向北愣了一下，问道。

"是啊！我现在就有这一件事情需要找你。"尚禹溪笑了笑说道。

"我们在这面墙上面再签一次名字吧！"沈向北突然开口说道。

尚禹溪愣了一下，摇摇头："不了，已经签过一次了，何必再写第二次呢？"

沈向北笑了笑："写两次，或许会有惊喜吧！"

尚禹溪摇摇头："我的世界里，有惊无喜……"

"也不一定，任何事情都不是必然的。要不这样吧！你写的时候许个愿，看看能不能成功。"沈向北缓缓地说。

尚禹溪提起笔，走了过去。

许愿的话，她希望，沈向北和自己之间能有一个全新的结局。哪怕是永远地分开，也要特别的美好。

她在一个只容得下自己名字的地方，签上了"尚禹溪"三个字。

就在这个时候，沈向北走过来，将自己的名字大大地写在了尚禹溪名字的上面。"向"字的中心，就是尚禹溪的签名。

尚禹溪愣了一下。

"你不是说，如果签字太远，我们之间的关系就会受到影响吗？既然这样，那现在，我们之间的关系又该作何解释呢？"沈向北说着，笑了笑："既然已经这样了，小溪，你不妨说句实话吧！你现在还喜欢我吗？"

尚禹溪听到了沈向北的话，突然间，眼泪就无法克制地流了出来。她突然觉得自己眼前全部都被泪水掩盖住了，甚至是沈向北的脸。这一瞬间她突然很害怕，极力地抓住面前那只手："喜欢……"

沈向北的嘴角挑起了一抹邪魅的微笑。

两天后，沈向北的婚礼如期举行。

尚禹溪早早地起床，穿了一件比较得体的衣服，准备出门。

尚妈妈正站在楼下，她的长发披散下来，显得有一种神秘的气质。

尚禹溪勉强笑了笑："知道的是您去参加婚礼，不知道的还以为是我们家办喜事呢！"

尚妈妈赶紧问道："我这件衣服还可以吗？看着怎么样？"

尚禹溪很欣赏地点头："非常好，我敢保证，你一定会喧宾夺主！"

尚妈妈笑了笑："我可不想喧宾夺主，我只是想穿的不至于太寒酸。"

尚禹溪没有说话，她从小最怕"寒酸"两个字，似乎包含了许多属于尚禹溪的回忆。

沈家的婚礼，排场自然不会很小，尚禹溪走进了会场，就看到了那一排排恨不得镶金边的桌子。

尚禹溪缓缓走过去，和尚妈妈一起坐在了一个角落的位置。

"请问，您是尚小姐吗？"突然，身边走来了一个服务生，看着尚禹溪问道。

尚禹溪愣了一下，她才回国很短的时间，想来应该不会有太多人知道自己的中文名字。

尚禹溪点点头。

"是这样的，尚小姐，栾院长的女儿，请您去帮个忙。"服务生笑了笑说道。

"在哪里呢？"尚禹溪张望了一下，并没有看到栾乔的影子。

"请您去二楼202号房，栾小姐在那里等着您。"尚禹溪想了想，虽然不情愿上楼，可还是很礼貌地点了点头。

"好。"说完，尚禹溪快步走上了楼。

二楼的202号房，房门虚掩着，尚禹溪虽然有些搞不明白栾乔到底有什么事要找自己，但还是轻轻推开了门，走了进去。

"珊妮医生，你觉得我的婚纱怎么样？"栾乔从门后缓缓地走了出来，站在尚禹溪的面前，小心翼翼地问道。

栾乔穿着一身镶着钻石的礼服，在尚禹溪面前来回地晃动。

尚禹溪点点头："很漂亮！很美！"

"是吗？那向北还真的是非常有眼光啊！我也喜欢这件婚纱，简直是为我量身定做的。"说着，栾乔左右地晃动了几下，尚禹溪发现，这件婚纱胸部的底衬似乎对于栾乔来说有些大了。

栾乔还在那里左右摇晃，尚禹溪就赶紧说道："你最好还是休息一下，免得一会儿劳累过度。"

栾乔看着尚禹溪，然后突然说道："如果我累了的话，向北一定会背着我的，他才舍不得我受这种罪呢！"

尚禹溪愣了一下，点点头："这样最好！既然没我什么事了，那我就先出去了。"

话音刚落，突然从门口冲进来几个人高马大的男人，将尚禹溪按在了那里："怎么？尚小姐想走了？"

尚禹溪愣了一下，然后问道："你们是谁？要做什么？"

"要做什么？尚小姐您还真是搞笑！"身边的一个高个子男人对尚禹溪开口说道。

尚禹溪看着栾乔，一脸的茫然："是你叫的这些人吗？到底要做什么？"

栾乔笑了笑："等一下你就知道了！"

说着，栾乔就让开了面前的路，而此时，门外又进来了一些中年女人，不由分说就将尚禹溪拉进了一个房间里面，三下五除二将尚禹溪身上的衣服换成了一身华丽的婚纱。

进房间的时候，尚禹溪就被盖住了眼睛，所以她不知道自己被换了衣服要带去哪里。

后来，她听到了沈向北那边婚礼开始的声音。

尚禹溪非常着急，如果自己错过了这次的婚礼，想必是要留下遗憾的。

于是，她就只好侧耳听着那边的声音，在主持人说"请新娘上场"这个时候，尚禹溪身边的几个人突然拖着她走了出去。

她只能感觉到耳边一阵阵的尖叫声，除此之外，就是一阵阵的花香。

眼前的东西突然被拿开了，强光使她有些睁不开眼睛，于是，一直默默地低着头，就在这个时候，突然一个拥抱将自己揽入了怀里。

这时，她才看到，那件刚刚还穿在栾乔身上的婚纱，此时正穿在自己的身上，而面前那个温暖的怀抱，竟然是沈向北的。

她还没有反应过来，就听到了一阵阵此起彼伏的尖叫声，尚禹溪赶紧朝台下看去，不远处，依次坐着尚妈妈、沈夫人，还有栾院长。让她没有想到的是，在后排，邱泽凯平静地坐在那里，似乎在对着她微笑。

尚禹溪有些糊涂，于是，赶紧挣开了那个怀抱，看着面前的沈向北问："这是怎么回事？"

"你还记得那天，在篮球场上，你答应我的事吗？"沈向北笑了笑，说道。

尚禹溪没有出声，将头低了下去，她记得那个时候他的每一句话。他说，如果他赢了比赛，她就要嫁给他。

因为这一句话，尚禹溪很久都觉得，那不过是童言无忌，如今，谁都不会去在意，这话究竟说的是什么。

或者说，这承诺，到底用不用履行。

"那天我告诉你，如果我第二天获奖，你就要嫁给我！"沈向北笑着，表情里满是温柔。

尚禹溪看着他，摇摇头："不！你今天是要跟栾院长的女儿结婚的，并不是我！"

突然，尚禹溪一把扯下了头顶的头纱，看着沈向北，义正词严地说："我要离开这里。"

沈向北一把将她拉入了怀里，无比温柔地说："我等了这么久，这次是不会让你走的！"

尚禹溪没出声，可眼泪已经流了出来。

"我娶的人，的确是栾院长的女儿！你不也是栾院长的女儿吗？我娶的是你！一直都是你！"沈向北笑了笑，亲昵地捏了捏尚禹溪的脸颊。

尚禹溪眼泪奔涌而出。

那天的婚礼虽然狼狈，可也着实是尚禹溪人生中最幸福的一天。

尚禹溪看着沈向北，突然抬起头问道："那天你是真的出了车祸吗？"

沈向北点点头："是啊！我真的是为了追你，连命都不要了！"

尚禹溪被他逗笑了，但还是紧张地问："你有没有事啊？伤到哪里了吗？"

沈向北耸耸肩："当时还是蛮惨的，不过现在健康地回来了。我可舍不得丢下你离开！"

尚禹溪没说话，而是很心疼地看着沈向北。

"你为什么那么执着呢？"尚禹溪没好气地说。

"因为我这辈子已经认定了，你尚禹溪就是我的妻子，下辈子，下下辈子，如果我见到你，我一定先抓住你，永远不放手。"沈向北笑着说道。

"一辈子就好了，哪有那么多辈子？能让我在你身边，一天都足够了。"尚禹溪缓缓地说。

正在这个时候，栾乔走了上来，手上还托着一本厚厚的画册。

尚禹溪瞬间就知道了她拿的是什么，于是，想要赶紧跑过去先一步抢过来，可终究被沈向北抢了先："这个，我想你需要给我解释一下。"

尚禹溪有些不好意思地低下头，这要是让大家知道了，自己就颜面扫地了。

沈向北打开其中一页，里面满满都是尚禹溪的照片，而且，用了和尚禹溪一样的方法，将报刊上的人剪了下来。

尚禹溪尴尬地看着上面被剪得歪歪扭扭的自己，噗嗤一声笑了出来。

沈向北突然瞪起眼睛看着她："你也觉得好笑是吗？我的照片里，为什么你把我的耳朵都剪没了？"

尚禹溪愣了一下，然后哈哈地笑起来。

沈向北还想说什么，突然被尚禹溪捂住了嘴巴，她笑着问："这个是你做的？"

沈向北没好气地点头："那是当然了！我还为了做好这个，特意去买了和你那个同款的相册。我要把我们失去的四年，全都补回来。"

尚禹溪笑着问："你难道就不怕我再跑了？然后，以后都不理你了？"

沈向北突然邪魅一笑："敢跑你试试？"

接着，栾院长和尚妈妈走了上来，看着他们久久没有说话。

尚禹溪突然微笑着对栾院长说道："我能不能请您帮我一个忙？"

听到尚禹溪的话，栾非又惊又喜："你说。"

尚禹溪笑了笑："婚礼不是有个环节，要爸爸亲手将女儿送到新郎的手里……"

栾非听到这儿，掩饰不住自己的喜悦，两行眼泪瞬间流下来，然后不停地点头："好好！我一定亲手把女儿交给向北。一定！"

尚禹溪笑了笑，然后伸出手，对栾非轻轻叫了一声："爸爸！"

婚礼进行得非常出奇而又顺利，似乎尚禹溪的世界，从这一刻开始，都是美好的。

相依而立的沈向北，也可以肆无忌惮地维护着尚禹溪的美好世界。